U0606557

語可書坊

作家文摘　语之可　第六辑（16-18）

顾　问（以姓氏笔画为序）

冯骥才　孙　郁　张　炜　梁　衡

梁晓声　韩少功　熊召政

主　编 孔　平　　　　**副主编** 魏　蔚

编　辑 裴　岚　之　语

设　计 于文妍　之　可

语之可 16

Proper words

满目山河空念远

作家出版社

目 录

潘 岳　**秦汉与罗马**　　　　　　　　　　　　　　*1*

二者都建立在农业社会之上，都需要处理土地兼并和小
农破产的关系、中央和地方的关系、政权与军权的关系、
上层与基层的关系、本土文化与外来宗教的关系。但两
者的结果完全不一样。罗马之后再无罗马，只有信仰基
督教的欧洲封建列国。秦汉之后却继续兴起了隋唐大一
统王朝。

刘绪义　**刘邦的三大历史之谜**　　　　　　　　　*57*

后人读鸿门宴，将项羽不杀刘邦，归结为项羽的败笔。
其实，鸿门宴真正的疑问不在这，而在于：项羽即使在宴
会中不杀刘邦，在宴会之后，刘邦势力并未因一场宴会
增强，项羽仍然可以分分钟灭了刘邦，假如项羽后悔的
话。事实上，项羽不仅没有后悔，而且还封刘邦为汉中王，
这是为什么？

戴　逸　**光绪之死**　　　　　　　　　　　　*81*

十月初十日是慈禧的生日，光绪率领百官前往慈禧处探病与请安，从南海步行到德昌门，恽毓鼎随从侍班，皇帝扶着太监的肩头，作身体起落的活动，以舒筋骨，可见身体尚健康正常，但太后不愿与皇帝见面，传谕竟说：光绪已有病卧床，不必再见面了。光绪听了大概很吃惊，话中包含杀机，是不祥之兆。

关山远　**"仁义"窦建德为何兵败如山倒**　　　　*119*

《窦建德碑》思考了一个问题，这也是后人常常思考的一个问题：在隋末各路英豪中，最能担得起"仁义"二字的窦建德，是公认的好人，但为什么他偏偏失败了？

游自勇　**殁后振芳尘：魏征家族的沉浮**　　**135**

贞观二十三年（公元 649 年）五月，太宗薨，九月二十四日的敕书中指定的配享功臣名单里没有魏征，这是耐人寻味的。在传统观念里，大臣死后能否得以配享先帝太庙，这是判定此人生前功绩及与先帝关系的最重要风向标，魏征不在其列，说明太宗对于魏征的心结并未完全打开。

卜　键　**耆英的外交绝唱**　　**155**

耆英曾被历史浪潮推上外交舞台，也曾长袖善舞、歌喉婉转，而 1858 年夏在津门后则左支右绌。短短几日间，钦差大臣耆英艰难斡旋，不断遭拒与受辱，以七十一岁高龄镣铐加身，在宗人府引颈自缢，虽说是其个人与家庭的悲剧，亦处处映照出清王朝的衰败与冷酷。

苍　耳　**徐建寅：甲午战争的间接受害者**　　　183

北洋海军的弹药由天津机器局生产，再存入天津军械局调拨给北洋舰艇。徐建寅从"各船大炮及存船各种弹子数目清折"上获悉，军械局调拨给北洋各舰的开花弹共六千七百五十七枚，难道这些炮弹不在十三艘铁甲舰上？查验结果是，它们存放在旅顺、威海基地的弹药库里。这令徐建寅惊掉下巴！

李惠民　**吴禄贞：一场刺杀改变辛亥格局**　　　193

他明里是清廷军事大员，实则是打入清廷军队内部的革命党人。武昌起义后，吴禄贞在石家庄扣押了清廷给袁世凯运送的一列军火，并与阎锡山组成燕晋联军，打算直接进攻北京。遗憾的是，就在燕晋联军攻打北京的前一天夜里，吴禄贞在石家庄火车站被他的卫队长刺杀，吴禄贞身首异处。

余凤高　**伦敦塔里的囚徒**　　　　　　　　　　*211*

　　如今，伦敦塔已经结束了监禁、谋杀、处死囚徒的历史，
　　而作为一个甲胄博物馆接待人们来参观展出的火炮和其
　　他古代兵器，每年引来二三百万游人。

蔡　辉　**中国器物史的几个谜团**　　　　　　　*231*

　　也有学者认为，在实验中，用玻璃器的好处在于能看到
　　全过程，用瓷器则只能看到开始和结局，这就形成了东
　　西方不同的思想方式：西方人更重直观、实证与过程，而
　　东方人沉浸于"黑箱"式思维中，更偏于整体观。换言之，
　　玻璃器不普及，决定了东方文明后来的命运。

秦汉与罗马

潘岳

二者都建立在农业社会之上，都需要处理土地兼并和小农破产的关系、中央和地方的关系、政权与军权的关系、上层与基层的关系、本土文化与外来宗教的关系。但两者的结果完全不一样。罗马之后再无罗马，只有信仰基督教的欧洲封建列国。秦汉之后却继续兴起了隋唐大一统王朝。

前言

《历史的终结》作者福山近年来多次撰文指出，中国制度具有"强大的国家能力"，中国从秦汉开始就建立了世界上最早的"现代国家"，先于欧洲1800年[①]。"现代"是指一套非血缘、依法理、科层明确、权责清晰的理性化官僚体系。

与秦汉同时是罗马。无论是共和还是帝制，罗马都是西方大规模政治体在观念、制度、法律上的政治源流。欧洲史上的大规模政治体，无不以罗马为精神象征。从查理曼大帝到神圣罗马帝国，从拿破仑到第三帝

[①] 参见：福山著，毛俊杰译，《政治秩序的起源》，广西师范大学出版社，2014年版；福山著，毛俊杰译，《政治秩序与政治衰败》，广西师范大学出版社，2015年版。

国。就是在今天，世界秩序还被人视为"美国治下的和平"（Pax Americana）[1]，其词源正是"罗马治下的和平"（Pax Romana）。

二者都建立在农业社会之上，都需要处理土地兼并和小农破产的关系、中央和地方的关系、政权与军权的关系、上层与基层的关系、本土文化与外来宗教的关系。但两者的结果完全不一样。罗马之后再无罗马，只有信仰基督教的欧洲封建列国。秦汉之后却继续兴起了隋唐大一统王朝。

相似的基础，相似的挑战，不同的路径，不同的结果，是本文的主题。

第一章　两大文明

（一）秦汉基层之治

2002 年，在武陵山脉湘西龙山里耶镇，考古学家们

---

[1]　参见：H.L.Lee. The endangered Asian century. Foreign Affairs, 2020, 99(4):52-64.

挖出了一座秦朝小城。在一口废井里，发现了数万枚行政文书竹简（里耶秦简）。人们第一次能近距离观看秦代基层政权。

里耶古城，是秦征服楚后设立的"迁陵县"。城很小，只有一个大学操场那么大。全县户籍人口不过三四千。秦朝在这里居然设立了完整的一县三乡机构，在编官吏多达 103 人[1]。这些秦吏组织人民开垦荒地，但毕竟山高谷深，费了牛劲才达到户均 35 古亩，仅为当时"一夫百亩"通制的三分之一。税率只有 8.3%[2]，相当于十二税一，比周代的"十税一"还少。一个县每年新增的税收，只相当于 6.5 户人家一年的口粮。从经济角度讲，为这样一块土地设置这么多官吏很不值。

但秦吏要的不是税收。考古学家清理出一支竹简，

---

[1] 参见：湖南省文物考古研究所等：《湖南龙山里耶战国——秦代古代一号井发掘简报》，《文物》2003 年第 1 期，第 4～35 页；湖南省文物考古研究所等：《湘西里耶秦代简牍选释》，《中国历史文物》2003 年第 1 期，第 8～25 页；湖南省文物考古研究所：《里耶发掘报告》，长沙：岳麓书社，2007 年，第 1/9～217 页。

[2] 参见：陈伟主编，《里耶秦简牍校释（第 1 卷）》，武汉大学出版社，2012 年版，第 7 页。

记录了当地深山里发现的一种并非丰产的植物"枳椇"（俗称"拐枣"），但秦吏仍认真描述了它的性状、位置、产果情况，录入了官方档案。这体现了一种不遗余力探明山川物产的使命感。秦吏们一步步开发国土、编户人民、画出地图交给上级的"郡"。"郡"再将下属各县的地图合并成"舆地图"，上报到朝廷归档阅存。秦吏们除了促进生产，还要处理纷繁复杂的民政司法事务。秦法非常完备，小吏们必须严格依法工作。如每份文书都要同时抄送多部门留底查验；如轻事重判和重事轻判，都属于"不直"之罪，如果法条互相抵牾时，还要层层上报等仲裁。在两千年前，就把基层行政搞到如此精细化世所仅见。

在里耶秦简的伤亡名册上，记载着多名小吏累死病死于任上[①]。103 人的编制，长期缺额 49 人。但也只有这种玩命苦干的"苛政"，才能在短短 14 年里实现车同轨、书同文、行同伦，整治山川，修建路网。秦把自己驱使得很苦，也把天下驱使得同样苦。这些使后面几

---

① 参见：《里耶秦简·吏物故名籍》，简 8-809；简 8-1610；简 8-938+8-1144。

十代人受益的基础设施，成本却由这一代人背负。人民牺牲之惨烈，心灵之痛苦，连天下一统的成就都不能抚平。历史评价，从来不只是道理，还有感情。秦灭亡时，天下没有人爱它。

但西汉沿袭了秦制大一统。开国者刘邦是个小吏，当过沛县的亭长（相当于派出所所长）。他的骨干集团大多也是小吏，萧何是主吏，曹参是牢头。他们最清楚帝国的基层与上层如何结合；他们最熟悉郡县制的运作；他们最明了庶民的需求；他们最洞悉维系大一统的奥秘。所以在攻入咸阳时，萧何不要金银财宝，只抢夺秦廷收藏的律令、地图和编户册。汉朝正是依靠这些资料才重建了中央集权郡县制。

基层政权出天下。这是秦汉之所以能建成世界最早现代国家的原因。

（二）罗马国家之治

和秦汉同时，罗马崛起为地中海霸主。

秦汉与罗马，是欧亚大陆东西两头大致同期的古代文明。两者的人口与地域规模也相似。罗马帝国晚期，其囊括的环地中海人口大致是 5000 万 -6000 万[1]。秦汉的人口（西汉末年标准）也在 5000 万 -6000 万[2]。

很多人认为，中国是黄色农业文明，希腊罗马是蓝色商贸文明，似乎从源头就有优劣之分。并非如此。自 20 世纪中期以来西方古史学界的共识是，从公元前 500 年到公元后 1000 年的希腊罗马都是农业社会，商贸只是很小的补充。"土地是最重要的财富，社会结构中家庭占据首位，几乎所有人都以经济自足为目标。大多数财富来自土地的租金和税收。贸易规模狭小，即便商人因贸易发财，也会将所得投资于土地。真正的城市人口从不曾超过总人口 5%，而且城市是作为消费中心而非生产中心存在[3]。"这跟秦汉非常相似。

希腊出哲学家，罗马出农民加战士。罗马大兵打遍地中海，只求退役后有块土地种橄榄与葡萄。就像秦汉

① 参见：A.H.M.Jones,The Later Roman Empire，Blackwell, Oxford, 1964，284-602.

② 参见：颜师古注，《汉书·地理志》，中华书局，1999 年版，第 1309 页。

③ 参见：芬利著，晏绍祥、黄洋译，《古代世界的政治》，商务印书馆，2016 年版，第 VII 页。

的大兵，打仗是为了日后能"解甲归田"。

罗马公民看不起商业，贸易和金融是被征服民族才干的营生。在罗马共和国黄金时代，商人不能进元老院。贵族征战得来的财富都是购买土地搞大庄园。农业不是谋生，而是田园生活之歌。秦汉更是如此，农为本，商为末。商人很少做官，而文人的官做得再大，理想仍是"耕读传家"。

罗马人搞不出缜密的宗教和科学，所长是工程、战争和国家治理。希腊留下的遗迹是神庙、竞技场和剧场，而罗马留下的是凯旋门、斗兽场与浴场。秦汉也一样。关注现实、经营国家、修筑长城、发明火药，但始终不以逻辑学与科学见长。

希腊是西方文明的精神基因，罗马是西方文明的政治基因。罗马超越希腊城邦政治，建立了宪制官僚体制与私法体系，塑造了早期的西方市民社会。英国革命时的"大洋国"蓝图有着罗马共和国的影子；法国革命时期的罗伯斯庇尔们有着罗马共和英雄的影子；美国参议院与总统制有着元老院和首席执政官的影子。直到20世纪，美国右翼学界还在争论，其建国原则到底遵循罗马式古典共和，还是启蒙运动的民主自然权利。在西方政治文明中，罗马的魅影从未消失过。

第二章　罗马共和

（一）土地与内战

大致与楚汉相争同时，罗马用了 50 余年灭亡了迦太基，肢解了马其顿，成为地中海霸主。在称霸过程中，罗马始终维系着共和制。

罗马的成功在于"混合政制"，融合了王权制、贵族制、民主制。执政官代表王权，执掌军事权；元老院代表贵族，执掌财权；公民大会代表民主，执掌否决权；三种力量互相制衡。罗马人相信，各方利益冲突是保证自由强大的"必要罪恶"[1]，且"冲突"最终必能达成"团结"。罗马早期的冲突确是温和可控的，平民

---

[1] 马基雅维利认为，是"平民和罗马元老院之间的不和，促成了共和国的自由与强大"。参见：马基雅维利著，冯克利译，《论李维》，上海人民出版社，2005 年版，第 56 页。

秦汉与罗马

战士用"罢战"与贵族谈判。贵族为了获得战胜殖民的更大利益，也总愿意做出妥协让出部分权利。近200年时间里，不论执政官、贵族和平民吵得多么厉害，面对外患时总能团结起来。

直到公元前1世纪，冲突变得不易妥协了，罗马进入军事巨头相互争斗的"内战时期"[①]。在西汉成帝年间（公元前27年）[②]，罗马最终转变成帝制[③]。为什么过去150年内军人从不打内战，现在却要刀口向内你死我活呢？

因为土地。

一个半世纪的海外征服，罗马的权贵们将巨量的奴隶和财宝带回本土，产生了大规模的"奴隶大庄园农业"。"大庄园"的效率技术远超小农，以致大批小农破产，并将土地卖给权贵富豪，加剧了土地兼并。罗马平民，渐渐成了罗马贫民，最终成了罗马流民。

① 参见：Nic Fields, The Roman Army: the Civil Wars 88-31 BC, p.53.
② 参见：崔瑞德、鲁惟一编，杨品泉等译，《剑桥中国秦汉史》，中国社会科学出版社，1992年版，第211页。
③ 参见：H.F 乔洛维茨、巴里·尼古拉斯著，薛军译，《罗马法研究历史导论》，商务印书馆，2013年版，第4页。

罗马政治没有调节土地兼并的能力。罗马本有一条将征服所得的土地在贵族与平民间公正分配的古老法律，但从未被执行过。凡是想执行的人都会被刺杀，如格拉古兄弟。因为，在王权、贵族、平民三种力量中，最强大的还是贵族。从公元前232年到公元前133年的100年间，罗马共和国的200名执政官出自58个贵族世家。这种可以"造王"的世袭贵族，在中国称之为"门阀"。能对抗"门阀"的只有"军阀"。因为只有军阀能够从对外战争中拿到土地，也只有军阀能强迫元老院给士兵分配土地。正因如此，罗马流民最终投奔了军阀，为国家而战的公民兵变成了将军们的雇佣兵。

在政客无法取得共识的地方，军阀登场了。

（二）以自由的名义

罗马拥有地中海世界的巨大财富，为什么不能拿出一部分集中解决贫富差距以防止国家分裂呢？史书归罪于罗马贵族生活奢侈天天办宴会。这不全面。破产农民虽在罗马城里四处游荡，但他们毕竟有一张选票。罗马执政官一年选一次，贵族争相赞助大型节庆、角斗与宴会，就是为了争取这张票。办庆典总比分配土地容易得多。

贵族虽然富有，但年复一年的竞选花销仍然不够用。很多贵族因搞政治而破产，凯撒就曾欠下一身债。因此，各行省的包税商、工程商、贸易商、高利贷商就开始纷纷出面。财阀们往往两边下注，不光投资元老，也投资军头。前三头后三头之间的密约，没有一次不是在财阀的牵线搭桥中完成的。财阀们的金钱，源源不断流入罗马军团，烈火浇油，将党争演化成内战。50年中的四次大内战，将地中海变成了无政府状态。混乱绝望中，罗马人民最终选择投票支持屋大维将共和变成帝制（公元前27年）。[①]

这并非他们不爱自由，而是自由没有给他们带来平等、富足和安全，自由的空论不能解决人民的根本关切。如罗马的贫富分化问题；如士兵们流血一生分不到土地的问题；如腐败的外省总督与包税商勾结而得不到监督的问题。这些事，元老院有200年的时间，却从未

① 塔西佗：《编年史》，王以铸、崔妙因译，商务印书馆1981年版，第3页。

想过解决的办法。试图解决问题的反倒是军阀们。例如屋大维设立军事财库，集中支付所有士兵退役后的土地和现金，把士兵从多头依附中解脱出来；他还第一次派遣了中央控制的行省级财务官替代包税人。凯撒也曾计划排干罗马附近的庞普廷沼泽，为数以万计的贫农提供耕种的土地；还想开凿科林斯运河，把亚洲商业与意大利经济整合起来。如果真能完成，会延缓日后的东西罗马分裂。但罗马"共和之父"西塞罗滔滔不绝地批判说，这些工程与维护"自由"相比微不足道。这是专制君主"好大喜功"的象征，是迫使人民"流血流汗、甘当奴隶"的明显标志①。

不仅雄辩家们滥用"自由"，军头们也滥用"自由"。在军头们眼中，"自由"的含义就是不受任何政治制约。当某个派系在元老院占了上风，反对派就宣称其"压迫自由"，理直气壮地起兵造反。庞培宣布马略派是暴政，于是招募了一支私人军队，而私军是违法的；凯撒宣称庞培党迫害了自由，于是带着高卢军团跨过了卢

① 参见：伊丽莎白·罗森著，王乃新等译，《西塞罗传》，商务印书馆，2015年版，第262页。

比肯河，而军团是属于国家的；屋大维自己造反，成功后却在铸币铭文中将自己刻成"罗马人民自由的维护者"。

自由，成为不同利益集团无限斗争的借口。

归根结底，共和政治想要达成共识而不使用暴力，只能在罗马早期"中等冲突"时管用。当贫富差距扩大到没有机制能进行结构性调整时，中等冲突就变成了你死我活的大分裂。弥合它的，不是票决政治，只能是政治家们进行结构性改革的自我牺牲精神。

保卫自由的，从来不只是"自由"本身。

第三章　西汉王朝

（一）大一统：一体多元

中国西汉王朝与罗马共和国同时。

西汉初期继承了秦制又修改了秦制——继承了直达县乡的基层官吏制度，但给宗族乡绅留下自治空间；继承了秦法的大部分条文，但去掉了肉刑；继承了中央集权的框架，却推行"无为而治"而让民间休养生息。

短短四十年，汉朝从天子凑不齐四匹同色之马①，到粮食多得吃不完——"太仓之粟陈陈相因，充溢露积于外，至腐败不可食。""文景之治"为什么会突然变富？儒家经师们都解释为"以俭治天下"，似乎皇帝省着花钱就能让民间富有。还是司马迁有眼光，他说"海内为一，开关梁，弛山泽之禁，是以富商大贾周流天下，交易之物莫不通，得其所欲"。在消除割据的广袤土地上，用统一的文字、统一的货币、统一的法律、统一的度量衡创造出一个巨大市场，用商业将几大经济区域联系起来。分工产生的交易价值让社会财富整体增长，又反过来促进了农业生产率的飞速提升。造就这个统一基础的是秦朝。只是秦朝拿它来搞政治，汉朝拿它来搞经济。

"文景之治"以黄老之道统摄"法家之术"②。道家思想最善于将水火不容的各方打通脉络。儒法之间，儒

---

① 刘邦出行凑不齐四匹毛色相同的马，萧何出门只有坐牛车。（《史记·平准书》）

② 参见：蒙文通著，《蒙文通文集·古学甄微》，巴蜀社，1987年版，第284页。

墨之间，得时而起，过时则退，不留名相。抛却"名实之争"成为中华文明善于自我整合的智慧。

不过，道家解决了一些问题，又产生了另一些矛盾。巨商大贾周流天下，小农却大量破产[1]；民间有周急振穷的侠义之士，也多了武断乡曲的"兼并豪党之徒"[2]；诸侯王们孕育了《淮南子》这样的人文经典，也引爆了分封割据的"吴楚七王之乱"[3]。

汉朝体制最终定型于汉武帝刘彻。他为中国干了两件大事。一是以推恩令"众建诸侯而少其力"，重新完成基层"郡县化"，并在此基础上奠定了"大一统"的儒家政治；二是初步奠定了国家疆域。

---

① "失时不雨，民且狼顾；岁恶不入，请卖爵子。"参见：贾谊著，《贾谊集》，上海人民出版社，1976年版，第201页；"于是有卖田宅鬻子孙以偿债者。"参见：晁错集注释组，《晁错集注释》，上海人民出版社，1976年版，第31页。

② 参见：韩兆琦译注，《史记·平准书》，中华书局，2010年版，第2352页。

③ 西汉初年，中央直接统治的地区不过15个郡，仅占全国土地的三分之一。而诸侯大的如齐、楚、吴等，每人都有五六个郡，几十个城。汉景帝时，吴楚七国之乱。汉武帝时，也有淮南王、衡山王之乱。

儒家政治的主要根基，是董仲舒的《春秋》公羊学。其核心是大一统。从哲学上说，是天人感应；从政治上说，是中央集权；从制度上说，是文官治国；从伦理上来说，是三纲五常。这套制度的难得之处，在于既塑造了权力，又约束了权力。中国的"奉天承运"和西方的"君权神授"不同。罗马的"皇帝神格化"是为了论证其统治的神圣性，但"神意"和"民意"无关。在古代中国，天意要通过民心来体现。天子对人民好，"天"才认其为"子"，对人民不好，天就收回成命，另付他人。"其德足以安乐民者，天予之；其恶足以贼害民者，天夺之"[①]。为了确保皇权对天的敬畏之心，董仲舒还加上了"灾异"说。但凡有天灾，皇帝就要反躬自省，看自己有没有做错的地方。于是，天子、天命和民心构成了一个三方制衡体系，天子管天下，天命管天子，民心即天命。它强调"权力"的最终来源是"责任"。有多大权就要尽多大责，不尽责就会失去权力合法性。父母不尽责，子女绝亲不为不孝；君主不尽责，

---

① 参见：凌曙注，《春秋繁露·尧舜不擅移汤武不专杀》，中华书局，1975年版，第273页。

民众改朝换代不为不忠①。"有道伐无道，此天理也"②。

大一统思想不光包含政治道德，也包含社会道德与个人道德。例如"正其谊不谋其利，明其道不计其功"③的仁道；例如"反躬自厚、薄责于外"④的恕道；例如"父子兄弟之亲，君臣上下之谊，耆老长幼之施"⑤的亲亲尊尊之道。但任何思想都不能过度。灾异学说一过度就成了东汉谶纬迷信；三纲五常一过度就成了束缚社会活力的教条；亲亲尊尊一过度就没有了法律意识。但在那个摸着石头过河的秦汉时代，建设一个超大规模政治体的过程，只能是边建设，边批判，边创造，边完善。

---

① "胁严社而不为不敬灵，出天王而不为不尊上，辞父之命而不为不承亲，绝母之属而不为不孝慈，义矣夫。"参见：凌曙注，《春秋繁露·精灵》，中华书局，1975 年版，第 98 页。

② 参见：凌曙注，《春秋繁露·尧舜不擅移汤武不专杀》，中华书局，1975 年版，第 274 页。

③ 参见：颜师古注，《汉书·董仲舒传》，中华书局，1999 年版，第 1918 页。

④ "春秋刺上之过，而矜下之苦，小恶在外弗举，在我而诽之。以仁治人，以义治我，躬自厚而薄责于外，此之谓也。"参见：凌曙注，《春秋繁露·仁义法》，中华书局，1975 年版，第 313 页。

⑤ 参见：颜师古注，《汉书·董仲舒传》，中华书局，1999 年版，第 1913 页。

刘彻接受了董仲舒天人之策。

第一件事就是举孝廉，文官政治的察举制由此开启。刘彻明白，治理如此广阔的天下，不能仅靠门阀富豪，而要把权力分配给基层中那些最识大体、最有道德、最有知识、最有责任心的人，才能凝聚民心扩大执政基础。从他开始，官府从民间寻找既懂得"当世之务"、又能够尽孝守廉的寒门之儒①，让儒生与基层法吏并行，实现了"治理与教化"合二为一。他还创造了"刺史制度"以约束文官，这是中央监察制度的开端。

说刘彻"罢黜百家、独尊儒术"实为误解。他用董仲舒的同时，还用了法家张汤、商人桑弘羊、牧业主卜式，乃至匈奴王子金日磾②。这些人，虽读春秋，但

① "吏民有明当世之务，习先圣之术者，县次续食，令与计偕。"

② "卜式拔于刍牧，弘羊擢于贾竖，卫青奋于奴仆，日磾出于降虏，汉之得人，于兹为盛。儒雅则公孙弘、董仲舒、儿宽，笃行则石建、石庆。质直则汲黯、卜式。推贤则韩安国、郑当时。定令则赵禹、张汤，文章则司马迁、相如，滑稽则东方朔、枚皋，应对则严助、朱买臣，历数则唐都、洛下闳，协律则李延年，运筹则桑弘羊，奉使则张骞、苏武，将率则卫青、霍去病，受遗则霍光、金日磾，其余不可胜纪。"参见：颜师古注，《汉书》，中华书局，1999年版，第1998～1999页。

并非全然的儒生文士。国家太学有儒家经学的学官，民间则是法、墨、刑名、阴阳四处开花。西汉政治从思想到实践都是多元的。既然多元，为何又要用儒家思想来作底？因为没有一体，只靠多元互搏平衡，最终还会分裂。而只有"大一统"才能将多元的思想汇聚在一个共同体内。

文化上便是如此。齐国早不存在，但齐国的"月令"成为汉的"政治时间"，"蓬莱"神话正是出自齐地；楚国早不存在，但屈原歌颂过的楚神"太一"成为汉的至高神，伏羲、女娲、神农、颛顼、祝融，成为汉人共同的祖先神；汉皇室是楚人血脉，刘邦的大风歌，刘彻的秋风辞，都是楚歌，可定音协律的却是赵人，汉乐府之祖李延年出身于赵国中山。

大一统并没有造成地方文化的消亡。地方文化反而越过原生的界限，在更大范围内传播。只要永远保持开放，统一之上也能多元。汉文化之所以比秦文化更能代表中华文化，是因为汉将多元乃至矛盾的思想、制度、文化和人群，最终融为一体。

一体多元，正是汉的精神。

（二）史官制：天下人心

很多人常责难中华文化产生不出与"公权力"保持"绝对独立"的西式知识分子。唯一有点接近的人物是司马迁。他《史记》里的刺客、游侠、商人享受着和王侯将相同等"列传"待遇，他敢于批评汉武帝[1]，还敢于站出来为蒙冤的李陵抱不平，因此被判罚宫刑。

但司马迁终究跟遗世独立的希腊学者们不同。出于君道，汉武仍任命已受宫刑的他为中书令，相当于贴身秘书；出于臣道，他仍然秉笔直书继续发表意见。他虽不喜欢汉武帝的政治风格，但对其强化郡县制之"推恩令"大加赞许，认为是解决动乱根源的伟大举措[2]；他一生清贫，但从不仇富，认为大部分商人的财富是靠把握经济规律苦干而来，"椎埋去就，与时俯仰，获其赢利"[3]；

---

① 参见：韩兆琦译注，《史记·汲郑列传》，中华书局，2010 年版，第 7100 页。

② 参见：韩兆琦译注，《史记·汉兴以来诸侯王年表》，中华书局，2010 年版，第 1492 页。

③ 参见：韩兆琦译注，《史记·货殖列传》，中华书局，2010 年版，第 7662 页。

他被酷吏折磨，也没有记恨法家，还认为法家政策如实行得好，也有"维万世之安"之效果①。

司马迁从没有因个人痛苦而发展出对体制的系统性批判。因为"个人"不是司马迁的精神追求，他关注的是整体，是"天下"。他批评公权力，不是因为刻意追求独立，而是认为对天下有害；他赞许公权力，也不是因为屈服淫威，而是认为对天下有益。在天下面前，个人得失全得放在后面。自由之上，如何尽到家国天下之责任；责任之上，如何不失心灵之自由。不光破，还要立；不光提出差异，还应追求共同。个体自由和集体责任的对立统一，是中国知识分子区别于西方的鲜明特点。

《史记》中不光批评了汉武，还写了刘邦之猜忌、吕后之乱政、各个功臣名将之微处，将汉的开国说得毫无神圣可言。《史记》一共只抄了两部，销毁轻而易举。然而，从昭宣两朝开始，这部"谤书"竟成为官方正式收藏的国典。《太史公书》亦作为西汉的国史代代相传。没有主动包容的意识，没有自我批判的精神，是做不到

---

① 参见：韩兆琦译注，《史记·秦楚之际月表》，中华书局，2010年版，第1437页。

的。汉将史官制原则推向了新的高度——史官有评价皇帝的权力。这个原则被历代王朝所继承。哪怕是元朝与清朝，皇帝可以杀个别史官，但从来不敢撤销史官制度。撤销了，就不是华夏正统。

华夏正统就是中华道统。大规模政治体的长治久安不会建立在纯粹威权之上，必须是各群体各阶层对道统的内心认同。中华道统的核心是中容和（中道、包容、和平）。体现着一种原则，一种境界，一种规律，一种价值。圣贤有圣人之道，而君有君道，臣有臣道，将有将道，商有商道。一直到琴棋书画医酒茶剑等人伦日用方方面面，都有道。春秋大义，深埋于士民的骨子里。

第四章　中西商道

（一）仁政的负担

2017年盛夏，中蒙联合考古队在蒙古国杭爱山一处红色石壁上，发现了一幅久远的摩崖石刻。经学者仔细辨认后，确定这就是东汉大破北匈奴后的"燕然山铭"。

无数书传中都说到"燕然勒碑",却从没人找到准确的地方。作为古代中原人最北之想象,人们终于看到真正的燕然山。

这块碑文,对罗马也很重要。正是因为这一仗结束了汉与匈奴 200 年拉锯战,使北匈奴一路西走,牵引了中亚草原民族西迁的连锁运动。

匈奴为什么要西迁?气候学家认为,在公元二三世纪,蒙古高原经历了长达 100 多年的严重旱灾,游牧族群无法生存,要么南下中国,要么西迁欧洲。匈奴首选是南下,但与两汉打了 200 年后仍无法得手,南匈奴内附,北匈奴西迁。西迁的北匈奴与中亚草原上同样为旱灾所困的游牧民族一起,冲向另一个繁荣的农业文明中心——罗马。正好赶上西罗马的"三世纪危机"。摇摇欲坠的奴隶制大庄园生产被游牧民族"踏上最后一只脚",西罗马就此崩溃,再没有统一过。

如果两汉没有抵抗住北匈奴的南下,东亚史与世界史都将重写。气候成了草原民族的不可抗力,草原民族又成了农耕文明的不可抗力。秦汉罗马相隔万里,都面临着不可抗力的同样考验。两汉经住了考验。

汉匈之争了结于东汉，肇始于西汉。西汉武帝时也出现了大规模水灾、旱灾与饥荒，都靠举国体制硬挺过来了。是以内生力量消化天灾，还是以侵掠游走转移天灾，体现着文明的可持续性。

汉武帝即位七年后（公元前133年），不堪匈奴持续进犯，开始了十二年的汉匈战争。最终卫青取得河套地区，设立了朔方郡；霍去病打通河西，建立了武威和酒泉郡。正是有这两个基地，日后东汉才能打到蒙古高原腹地。这个胜利十分昂贵，文景两朝的存粮被一扫而空。谁能捐钱捐粮，谁就能做官。"入羊为郎"的笑话就是这十二年里发生的。

最大的尴尬发生在霍去病定鼎河西的最后一战。匈奴浑邪王率四万部众投降，汉武帝决定在边郡划出五个属国好好安顿。他诏令长安地区的商贾捐献两万乘车马给投降的匈奴作"安家费"。但没有商人肯捐。刘彻怒极，要砍长安县令和五百商人的脑袋[1]。

大臣抗谏说，匈奴连年抢掠，现既得了俘虏，就应

---

[1] "上怒，欲斩长安令……又以微文杀无知者五百余人。"参见：韩兆琦译注，《史记·汲郑列传》，中华书局，2010年版，第7113页。

当赐给死难战士之家做奴仆以补偿。现在居然要用官府去供养，让良民去照顾，就像奉养骄横的儿子一样，这是伤害中国之根本[①]！

汉武帝默然半晌，没有听从，依然出钱安顿好了这批匈奴部众。只不过钱不是由国家财政出，而是由皇室内库出。有人说，汉朝开边与其他帝国殖民没什么不同，但哪有不以战败者为奴隶、还自掏腰包去供养战败者的"殖民者"？与汉匈战争前后脚发生的，是罗马与迦太基的第三次布匿战争（公元前149-前146年），罗马将迦太基全城夷为平地，将投降的5万老幼妇孺全部卖为奴隶。

希腊罗马的对外战争都能挣钱，而汉的开边都是贴钱，史书上批评其"虚耗海内"。但汉朝要的是人心，而不是钱。匈奴部众只要诚心归附，就是中国百姓，就要以仁义财帛待之，以换"远人归心"。这是儒家仁政

---

① "臣愚一位陛下得胡人，皆以为奴婢以赐从军死事者家……今纵不能，浑邪率数万之众来降，虚府库赏赐，发良民侍养，譬若奉骄子。……是所谓'庇其叶而伤其枝'者也。"参见：韩兆琦译注，《史记·汲郑列传》，中华书局，2010年版，第7113页。

精神。

仁政的负担太沉重了。中原和草原同受天灾,小农出现了大规模破产——"失时不雨,民且狼顾;岁恶不入,请卖爵子。"小农不能抗灾又不能免债,只好将田宅卖给巨商大贾,汉朝出现了与罗马类似的大商人主导的土地兼并。投机商和大地主们从来"不急国家之事",商人们的财力早已压倒了各级政府[①],但当朝廷要平七国之乱而向富户借钱时,富户们觉得朝廷未必打得赢而不肯借("关东成败未决,莫肯与")[②]。

从文景开始,朝野就在争论农商矛盾的解决办法。一种是贾谊的"重本抑末"。这是典型的法家。《商君书》里对付"奸商"的手段是十倍征税、禁止贸易、把旗下伙计都发配去修路等等,可商业是西汉繁荣的基础,岂能又回到秦制苛政?另一种办法是晁错的减免农

<hr>

① 参见:韩兆琦译注,《史记·货殖列传》,中华书局,2010年版,第 7622～7623 页。

② "吴楚七国兵起时,长安中列侯封君行从军旅,赍贷子钱,子钱家以为侯邑国在关东,关东成败未决,莫肯与。"参见:韩兆琦译注,《史记·货殖列传》,中华书局,2010年版,第 7620～7621 页。

业税。这是典型的儒家，万般困难一招鲜。可减免了税，中央财政又拿什么去抗灾打仗？文帝景帝都难以定夺，就这样继续熬下去。

最终解决的还是汉武帝。有人为他发明了一套既不退回秦制，也不加小农税赋，还能增长国家财力的方法，"民不益赋而天下用饶"。这个人，既非儒家也非法家，而是一个商人。

（二）儒商的家国

在景帝去世前的最后一年，洛阳城巨商之子桑弘羊，以特殊才能"心计"（心算）进入宫廷做"郎官"。这一年他才13岁，进宫是为了给16岁少年天子刘彻当伴读。商人拒捐马匹给匈奴这件事发生时，桑弘羊已经进宫20年。

憋了一肚子气的刘彻，在桑弘羊的策划下，于公元前120年，做了一件让儒生们目瞪口呆的事——他任用了著名的大盐商东郭咸阳与著名的大铁商孔仅，主导了全国盐铁官营。伴读郎官桑弘羊则以"计算用侍中"，在内廷里予以配合。

盐铁官营，是指将此前由民间经营的制盐铸铁行业，转隶官方实行更大规模经营。盐和铁是古代社会最大消费品，官方经营就是掌握了最大财源。很多人批评这是国家与商民争利，但帮国家搞垄断盐铁的，竟是盐铁商家本人。这就奇了。罗马商人用财力挟迫国家让自己发财，汉朝商人却帮国家搞宏观调控。

桑弘羊还发明了"均输法"和"平准法"。均输法，就是各地的"土贡"以当地最丰饶之物品上交，再由官营网络运往稀缺地区出售。平准法，就是以官营网络解决价格波动。桑弘羊还统一了币制，将各郡国分散的铸币权收回到朝廷，铜钱都是用统一铸造的"五铢钱"。而罗马只实现了金币银币由国家铸造，铜钱仍归各城市独自铸造。

正是这套宏观调控财经制度，帮助汉朝同时扛过了农业灾害和匈奴进犯，用"均输""盐铁"之积蓄，既支付了战士俸禄又赈济了北方饥民。

初创的宏观调控亦有缺陷。盐铁官营中，公营器物的规格经常不合私用；均输平准中，官吏经常乱征收物产①；告缗制度中，为了征收高利贷和投机商的财产税，居然搞出了全民告密运动。桑弘羊在晚年承认政策初衷与官僚执行效果的差距——"吏或不良，禁令不行，故民烦苦之。"虽有欠缺，但瑕不掩瑜。

桑弘羊还干了两件大事。第一件大事是"假民公田"。公元前114年，他首次赴外朝上任（大农中丞），就将从投机商人和高利贷者手中没收上来的土地，重新租给无地的流民耕种②。罗马也有公地制度，即从征服土地中拿出一部分租给贫民。但仍挡不住权贵者的大量侵占，致使公地越来越少，国家最终丧失了调节能力。

他干的第二件大事是西域。在桑弘羊的建议下，征发了六十万戍卒河西屯田。这花费了数以亿计的财富——"中国缮道馈粮，远者三千，近者千余里，皆仰

---

① "有者半贾而卖，无者取倍称之息。"参见：晁错集注释组注，《晁错集注释》，上海人民出版社，1976年版，第31页。

② 秦汉的土地制度中，同时存在国家拥有的"公地"和个人拥有的"私地"。国家公地用于重新分配和租借，虽然不能解决根本矛盾，但能够缓和土地兼并。北魏和隋唐之盛世，正是与授田制相始终；但每当国家失去公田这一调节手段的时候，也就进入了王朝衰败的周期。

给大农。"没有这个基础，东汉的班超就建不了西域都护府，丝绸之路就永远打不通。

一个巨商之子为何如此执着地为贫民分土地，为朝廷开西域？因为他读《春秋》。他少年时和刘彻一起读了《春秋》《鲁诗》《尚书》。老年之后，在盐铁会议上舌战群儒时，他还能句句引用春秋大义和儒家经典。自刘彻开始从贫寒儒生中选拔文官后，民间儒学蔚然成风，不谈"王道"都会被樵夫舟子耻笑。没有这样的文化氛围，产生不出这批发明了"宏观调控"的大商人。

桑弘羊一直保留着商人习气。他不认为持家必须简朴，反而得意地夸耀如何"善加筹策"朝廷的赏赐和俸禄而使自己过得更富裕①。他的子弟也曾因游猎被都城治安官查办。但他靠中央集权搞出来的那些钱，全部投入西北的屯田与山东的水患，投入到"经营天下"。汉朝所有的成就，没有中央财政体系，是根本无法实现的。

① "车马衣服之用，妻子仆养之费，量入为出，俭节以居之；俸禄赏赐，一二筹策之，积浸以致富成业。"参见：王利器校注，《盐铁论校注》，中华书局，1992 年版，第 219～220 页。

桑弘羊是商？是官？是儒？是法？他开启了一个永恒的话题——商道的使命，是追求一个跨越任何束缚的私人商业帝国？还是在独善其身之外去兼济天下？中国的商道一开始就包含了儒家的道德伦理和家国责任。有人说，正是这种双重束缚，让我们没能早产生西方式企业家。然而，道德伦理和家国责任正是今天西方企业家们非要回答不可的问题，纯粹自利能否自动达成社会共利？自由经济能否彻底脱离国家主权？这些问题，中国两千年前就开始思考了。

（三）商道的分殊

和桑弘羊同时，罗马的头号巨商是与凯撒、庞培齐名的"前三头"之一克拉苏。

克拉苏的致富方法是，利用罗马没有消防队，自己成立了一个 500 人的私人奴隶消防队。谁家的房子着火了，他就带人堵在门口要求廉价收购房产。如果房主答应，他就灭火。如果不答应，就任由其烧光。等房主不得已将房子低价卖给他后，他再加以整修，高价租给原来的苦主居住。就这样，他空手套白狼，买下了大半个罗马城。他还经营着罗马最大的奴隶贩卖生意，从意大利的种植园，到西班牙的银矿，到处都是他卖出去的奴隶。他死后的遗产，相当于罗马国库的全年收入。

他从政后的慷慨同样惊人。他拿出财产的十分之一办庆典，给每个罗马公民发三个月生活费。这一票拉的，在公元前70年轻松竞选成功，与庞培一起被任命为联合执政官。

克拉苏有一句名言：不能武装一个军团，就不配叫作富人。他死于率领罗马军团远征安息帝国的途中，战斗和死亡都十分英勇，充满罗马风范。但他打安息不是为了国家，而是为了自己——罗马的潜规则是，谁打下新行省，谁就有权利先行搜刮那里的财富。但他没有成功，帕提亚骑兵砍下了他的头颅，向里面灌满了黄金。

克拉苏这类的商人政治家，在中国不可能出现。其发家手段在商界都得不到尊重，更不要说当政治领袖。而在罗马，只要他的财富足以武装起一支军队，只要他的财富足以搞定更多选票，都可以。

近代以来，总有人认为明末才有资本主义萌芽，商业精神似乎是儒家农业文明主干上的支流。实则不是。

中国的商业精神不是天生不足，而是天生早熟；不是被动接受了儒家，而是对儒家进行了实质性修正。正如桑弘羊在晚年的盐铁会议上提出的，商业亦可立国（"富国何必本农，足民何必井田"）。他认为，国家要建立大市场，汇聚万货，让农、商、工、师"各得所欲，交易而退"。他还说，国家没能让人民富裕，不是因为道德问题，而是因为工商业不发达。"有山海之货，而民不足于财者，商工不备也。"这些来源于战国时代齐国的"管子轻重之学"。轻重学派明确地提出用市场调节财富，用货币塑造价格，用利益机制来引导社会行为，反对以行政手段强制管束。这些思想是非常现代的。我们经常低估了先贤的价值。中国最终没有发展出资本主义经济，有很多原因，但并非没有工商文明的种子。

第五章 罗马帝国

（一）上层与基层

西汉王朝灭亡时（公元8年），罗马帝国刚刚开始。

创建罗马帝国的屋大维，和刘彻有着许多相似之处。

他们都是天才少年。刘彻 17 岁即位，23 岁同时开始立儒学打匈奴，49 岁前两件事都完成。屋大维 19 岁起兵，32 岁时结束分裂，47 岁前完成了罗马帝国的制度建设[①]。

他们都是复杂的人。刘彻的历史评价在穷兵黩武和雄才大略之间摆动了 2000 年。说他是儒家，他行事却像法家；说他是法家，他又没有退回秦制；说他爱道家神仙，他又偏偏用儒家立国。

屋大维也充满矛盾。他与巨头合作，架空了元老院；又与元老残党合作，消灭了巨头。他保留共和国的形式，却变更其内在逻辑，虽称元首，实为皇帝。他身兼多个文职，从执政官到保民官到祭司长，但 18 万罗马军队才是他的真正力量。他没有建立明确的继承制度，但王朝最终还是在家族内传承。

屋大维和刘彻之复杂，在于罗马与秦汉都是超大规模政治体。在草创之初，要整合这样广阔复杂的疆域，

---

① 参见：Nic Fields, The Roman Army: the Civil Wars 88–31 BC, p.53.

任何单一的理论、制度、安排都不足为凭。

屋大维和刘彻的治国思路，也是英雄所见略同。除官僚、军队、税史制度外，屋大维也很重视国家意识形态，强调对家庭、国家和本土神灵的忠诚与责任。就像刘彻找到了董仲舒，屋大维也感召了一批文化巨匠。维吉尔仿照希腊的荷马史诗，创作了罗马史诗《埃涅阿斯纪》，构建了"罗马民族"的认同；李维写了《罗马自建城以来史》，批判分裂的派系主义；贺拉斯的《讽喻诗》，号召社会回归对家国的责任感。

而两人的路径与结果大不一样。

屋大维建立了文官系统。为了克服财阀对政治的破坏性，他大胆吸纳财阀进入文官体系（税务官），真正实现了西塞罗的"贵族与财阀共天下"。与之相比，汉朝的文官路线则是求取基层寒士。钱穆说，汉代是第一个"平民精神"王朝[1]。

罗马帝国的文官，都集中在行省首府，没有建立一杆子插到底的基层政权。行省之下无官僚，下面是一堆

---

① 参见：钱穆著，《国史大纲》，商务印书馆，1991 年版，第 128 页。

拥有自治权的王国、城市、部落，各自按照原有的制度运行。罗马派遣一个总督和若干财务官，掌管税收、军事与司法，对于行省下的公共服务和文化教育则一概不管，也不承担公共经费。地方领袖对当地事务很有发言权，总督经常按照地方实力派的愿望作决断。地方的城市建设和文化活动由本土富商志愿掏钱。在中央政权衰落之后，这些地方实力派就此转化为蛮族王国之下的封建地主，因为他们本来就是独立的，谁收税都一样。英国学者芬纳将罗马帝国称为"由众多自治市所组成的一个庞大的控股公司"①。

　　归根结底，罗马的治国思路是只管上层，不管基层。罗马帝国，只是环地中海的上层精英大联合，基层群众从来不曾被囊括其中，更谈不上融合相通。如西方学者所言，罗马帝国文明有着无比丰富和复杂的上层建筑，经济基础却是粗陋和简朴的"奴隶制大庄园"②。文化基础也如此。罗马的行省中，只有贵族、官僚能说

① 参见：芬纳著，马百亮、王震译，《统治史》（卷一），华东师范大学出版社，2010年版，第362页。
② 参见：佩里·安德森著，郭方译，《从古代到封建主义的过渡》，上海人民出版社，2001年版，第137页。

拉丁语，基层群众基本上不会拉丁文。高卢和西班牙并入罗马 300 年后，农民们还在说自己的凯尔特语。屋大维苦心建构的"罗马民族认同"，随着拉丁语仅停留在贵族圈里，从未抵达基层。一旦上层崩盘，基层人民就各自发展，把罗马抛到九霄云外。

而秦汉则是打通了上层与基层，创立了县乡两级的基层文官体系。由官府从基层征召人才，经过严格考核后派遣到地方全面管理税收、民政、司法和文教。两汉的基层官吏不光管理社会，还要负责公共文化生活[①]。郡守设学，县官设校，配备经师，教授典籍，慢慢将不同地区的基层人民整合起来，聚合成一个大文化共同体。即便中央政权崩塌，基层的人民还能看懂同样的文字，遵循同样的道德，理解同样的文化。唯有这样的人民基础，大一统王朝才能多次浴火重生。

（二）政权与军权

罗马与秦汉第二个不同在于军队与政权的关系。

---

① "郡国曰学，县道邑侯国曰校，校、学置经师一人。"参见：颜师古注，《汉书》，中华书局，1999 年版，第 248～249 页。

屋大维起于军队，他解决政权与军队的关系，仍然是军阀式的。他先将最富有的埃及财政收归为"元首私库"（fiscus），再用私库之钱给军团发酬劳。这意味着：一方面，军队属于能发出最多军饷的那个人；另一方面，一旦皇帝发不出军饷，就得换一个能发饷的人当皇帝。果然，这种规则下的和平，在屋大维之后只维持了50年。

从公元68-69年的内战开始，军人开始大规模干政。专家统计，"从屋大维到君士坦丁的364年中，平均6年发生一次帝位更替。其中有39位皇帝死于近卫军和军队之手，占总数70%；只有12位皇帝属于自然死亡，不足20%。"先是中央禁卫军操控皇帝，在军营前"拍卖"皇位，出价高者当皇帝。然后是边疆军阀入主中央，军饷翻倍，但依然暗杀不断。50年内出现了23个皇帝。最后，帝国晚期经济崩溃，发不起赏金，罗马人不愿当兵，只能雇佣日耳曼蛮族看家护院。攻陷罗马的阿拉里克、奥多亚克、狄奥多里克，都是蛮族雇佣军首领。罗马兴也军队，亡也军队。塔西佗说，"罗马帝国的秘密，就在于皇帝的命运实际上把握在军队手中。"

罗马为什么无法控制军人干政？第一个重要原因

是，罗马没有基层政权，因而军队代行着治安、税收许多政权职能。收上来的税又变成了军饷。行省军队和税赋激增成为恶性循环。如此，本应代表中央的总督，变成了代表地方的军阀。秦汉的军队不能收税，也不能管理民政。在完善的文官制度保障下，军队都是小农，战时征召为兵，战后复耕为农。边疆部队也是屯田为生，兵农一体，没有变成罗马军队那样固化的利益群体。

第二个重要原因是罗马军人的"国家意识"有问题。孟德斯鸠说，因为军团距离罗马太遥远，便忘记了罗马。"当军团越过了阿尔卑斯山和大海的时候，战士们不得不留驻在他所征服的地方，逐渐地丧失了公民们应有的精种，而在手中掌握着军队和王国的将领们感到自己的力量很大，就不想再听命于别人了。"①

汉朝大不同。汉将班超仅靠千把散兵，在西域诸国数十万军队包围中，为东汉重建了西域都护府，打通了丝绸之路。汉朝与西域距万里之遥，中间隔着世界第二大流沙沙漠，班超完全可以割据自重。但他没有。在为

---

① 参见：孟德斯鸠著，婉玲译，《罗马盛衰原因论》，商务印书馆，1995年版，第48~49页。

汉朝苦心经管西域30年后，他只提出一个要求，就是归葬故土，不带走一兵一卒一草一木。两汉像班超这样的将军还有很多，如卫青、霍去病、马援、窦融等等。

有人说，罗马军人能够干政，是因为罗马皇权是"相对专制"，而汉朝皇权是"绝对专制"。似乎军人不造反的唯一理由是受到强力管制。更非如此。东汉黄巾之乱，名将皇甫嵩出师剿灭，威震天下。当时弱主奸臣当道，有人劝皇甫嵩拥兵自重，否则功高震主后更会性命不保。皇甫嵩却说，"夙夜在公，心不忘忠，何故不安？""虽云多谗，不过放废，犹有令名，死且不朽。"他回到长安，放下兵权。

在皇权没有强制之力时，军人为什么还要遵守规则？这并非畏惧皇权专制，而是主动服从国家秩序。中国虽然也出现过藩镇割据与军阀混战，但从来没成为主流。中华文明大一统精神产生了"儒将"传统。在法家体制与儒家意识双向发力下，中国古代最终实现了由文官控制军队，保证了长久稳定。虽时有反复，但总算渐成体制。海外汉学家们公认，"文官控制军队"是中华文明又一重要特征。

第六章　基督国教

（一）"上帝之城"与"人间之城"

西罗马帝国最后 150 年的主旋律，是基督教。

罗马帝国晚期，由于本土多神教没有严肃的道德规范，罗马社会的享乐之风毫无节制。婚姻家庭制度瓦解，国家居然要靠立法来对独身施以重罚，要靠公务员升职来对婚内生子予以奖励。多神教从宗教变成了娱乐[①]。富人花钱祭神，民众参会取乐，有事求神，无事享受。

原始基督教源于中东巴勒斯坦，是"渔夫和农人"的朴素宗教。当罗马国家对底层贫民、孤儿寡母、残疾病人不闻不问时，只有基督徒们竭尽全力去养老存孤，去访贫问苦，去照料瘟疫死者。再往后，不光是平民，有点理想追求的精英都开始信基督。许多贵族与富豪不

[①] ［德］特奥多尔·蒙森：《罗马史》，商务印书馆，李稼年译，2017年版，第184页。

惜辞官去职、散尽家财去追随教会、救济苦难①。

多神教以宗教宽松为傲，万神殿里供奉着一万个神灵，但不同神灵的祭司各自为政，多元缺一体；基督教却纪律严明，在边远城市和蛮族地区建立了基层组织，在军队与宫廷中也发展了大批信徒。他们是上帝之国的兄弟，不是尘世之国的公民。他们拒绝服兵役，拒绝任公职，在罗马的躯体内形成一个日益壮大的"隐形国家"。

对这样强大的组织力和精神力，罗马起初感到恐惧，进行了300年屠杀迫害。公元313年，君士坦丁大帝转而怀柔，承认基督教合法。公元393年，狄奥多西皇帝正式确立基督教为国教。

罗马为什么要以基督教为"国教"？有史家说，是为了争取下层民众和平民士兵的支持。还有史家说，一神教更有利于塑造绝对皇权。不管是哪一种，罗马皇帝

---

① 如30岁就出任意大利总督的贵族安布罗斯，信教后放弃官职，散尽家财分给穷人和教会。如生于意大利富商之家的公子哥儿法兰西斯变卖家产，穿粗布长袍、赤足托钵募捐，"方济各会"由此而来。

们的愿望都落空了。

公元 354 年，罗马的北非行省一个罗马官吏家庭，诞生了一个孩子。他接受了纯正的希腊罗马精英教育，最爱维吉尔的史诗与西塞罗的政论，精通新柏拉图主义的慧辩，成年以后在皇帝瓦伦提尼安二世的宫廷内当演讲家，私生活也是罗马风格，14 岁就和一名底层女子婚外生育了私生子。当他少年时第一次阅读《圣经》时，因其语言简陋而斥"这部书和西塞罗的典雅文笔相较，真是瞠乎其后"。多年后再读《圣经》时，他却经历了一个无法言说的"神启时刻"，从此变成了基督教最伟大的神学家奥古斯丁。他用已学成的希腊罗马知识，将基督教原始教义发展成包含原罪、神恩、预定论、自由意志等思想的庞大的神学体系。中世纪几乎所有的西方神学，都是给奥古斯丁做注脚。

公元 410 年，罗马被西哥特首领阿拉里克攻破，被洗劫三天三夜。罗马民间认为这是抛弃了本土多神教而信奉外来基督教所遭致的"报应"。奥古斯丁拍案而起，写了《上帝之城》予以驳斥，彻底否定了罗马文明。他说罗马建城的罗慕洛斯杀掉兄弟而得国不正，从一开始就埋下了败亡的种子。罗马的太阳神、战神和美神没能阻止罗马人道德败坏，也并没有抵挡蛮族入侵，毫无用处[1]。他引用西塞罗《论共和国》，指责罗马从来没有实现正义，从没实现"人民的事业"[2]，因此不是共和国，只是一个"放大的匪帮"[3]。他全盘否定了早期罗马的爱国、节制、审慎、坚忍等美德，认为只有基督教的信、望、爱才是，所有的荣耀应该归于上帝。

奥古斯丁最后总结说，罗马的陷落是咎由自取，基督徒最终的期许是上帝之城。而教会正是上帝之城的代表。

（二）"国家之恶"与"国家之善"

奥古斯丁为什么称罗马国家为"匪帮"？考虑到罗马帝国如同"控股公司"的组织形式，考虑到长达200

---

① 参见：奥古斯丁著，王晓朝译，《上帝之城》，人民出版社，2006年版，第79页。

② 参见：奥古斯丁著，王晓朝译，《上帝之城》，人民出版社，2006年版，第76～77页。

③ 参见：奥古斯丁著，王晓朝译，《上帝之城》，人民出版社，2006年版，第144页。

年乱军分肥的中央政权，考虑到上层精英对于底层人民的抛弃，奥古斯丁用"匪帮"形容晚期罗马可能有一定原因。

但按照中国人的观念来看，罗马再不好，也是母国。恨其腐败，难道不应该先去改革制度重塑精神，使之再次成为一个公义的国家？外族入侵时，难道不应该先投笔从戎捍卫家国，等天下太平后，再去追求宇宙真理？怎么能在尚未尽到改造国家责任之前，就全然抛弃打倒。说到底，基督教虽被罗马奉为国教，但从未与罗马血脉相连。

这是汉朝与罗马又一不同之处。一方面，儒家政治的道德伦理严格于罗马多神教，"鳏寡孤独皆有所养"是从政者的天然责任；另一方面，法家的基层治理远胜于"控股公司"，不管是精英还是人民，从不认为"国家是非正义的匪帮"。这不是靠说教能达到的，只有在现实中见过"好的国家"，人民才会拥有长久记忆。

一神教在中国很难像在罗马那样发展。因为儒家敬鬼神而远之，以人文理性立国，中华文明是罕见的不以宗教做根基的古代文明。所有外来宗教进入中国后，都必须褪去非此即彼的狂热，在国家的秩序之下和谐共处。与基督教传入罗马的同时期，佛教传入中国。但中国对佛教不像罗马对基督教那样轻率，要么屠杀镇压，要么全盘接受，而是产生了中国化"禅宗"。

儒家知识精英很难认同宗教大于国家。因为基督教的上帝之城可以脱离人间而存在，中国的天道却要在人间实现才算数。国家有难时，"遁世"才是"非义"，"以遁世为非义，故屡退而不去；以仁心为己任，虽道远而弥厉"。因为儒家意识和国家已融为一体。儒家的"教会"就是国家本身。在儒家精神浸润下，中国化宗教都对"国家价值"有着深刻认同。道教一直有着致天下太平之蓝图，佛教也认为当政者治理好国家的功德绝不亚于当一个高僧。

国家观念外还有哲学观念。基督教之前的希腊哲学既注重个体也注重整体。但经中世纪1000年的神权压制，导致宗教改革后的"个体意识"反弹到另一个极端，此后的西方哲学执着于"个体意识"和"反抗整体"。中华文明从不曾以宗教立国，没有神权压迫，也没有对个体的执念，所以中国哲学更关注整体。

自基督教与罗马国家分离之后，残存的罗马知识分子，不再背诵维吉尔和西塞罗，剑术和《圣经》变成了进身资本，主教职位更能获取地位权势。罗马的地方贵族，也不追求"光复罗马"，而是就地转化为新的封建地主。罗马文化只有很少一部分得以继承。罗马之后再无罗马。

中国东汉末年大乱不下于罗马。上层宦官外戚奸臣党争轮番权斗，基层百万黄巾军大起义。此时，在朝堂上，总站着一批杨震、陈蕃、李膺、李固、范滂这类的忠臣士子，不顾身家安危，最后死无葬身之地。在草野之中，总生出一批桃园结义刘关张之类的贩夫走卒，主动为国家兴亡尽匹夫之责。这是中国士民的主流。历史上出现的诸多昏君乱臣，从未阻断过这一主流。这一主流，虽没能改变两汉灭亡的结果，却始终高悬出一个价值观。任何逐鹿天下之人，都必须遵守这一价值观。士民信仰倒逼着英雄选择。

有人说，中国哲学中没能产生西方独立自由，是重大缺陷。实际上，现代西方政治中把"国家当成恶"的"消极自由"精神，不是来源于启蒙运动，而是来源于基督教中"上帝之城"与"人间之城"的分离。"罗马国家"被视为恶。到最后，天主教会也被视为"恶"而被宗教改革攻击。除了上帝之外，在"众生皆罪人"的尘世间，没有任何由"人"组成的机构有资格领导其他人。从洛克的保护私有产权的"有限政府"，到卢梭的基于公共意志的"社会契约政府"，再到亚当·斯密只能做"守夜人"的政府，都是为了防范"国家之恶"。

而中华文明是相信"国家之善"的。儒家相信人性有善有恶，只要见贤思齐，化性起伪，总能够通过自我改造，建设成一个更好的国家。

结篇

吕思勉说，"秦汉之世，实古今转变之大关键也。"对此转变，誉者赞为"从封建到郡县的进步"，毁者谤为"东方专制主义的开始"。

"东方专制主义"这一概念最初由亚里士多德定义，指君主对人民就像主人对奴隶，拥有随意处置的无限权力，不需遵循任何法律。但那时希腊罗马眼里的东方，仅限于埃及波斯；中世纪欧洲眼里的东方，仅限于蒙古沙俄，对"东方之东"的中国，几乎毫无认知。

欧洲最初了解中国，是通过明清来华传教士们带回的信息，形成了短暂的"中国热"。凡尔赛宫的舞会上法王穿着中国服装；塞纳河边民众争看皮影戏；淑女养金鱼，命妇乘轿子。由此激起了两派大师的争论。一派是以伏尔泰为首的"崇华派"。他想"托华改制"，给自己取笔名叫"孔庙大主持"；莱布尼茨认为中国的"科举取士"类似柏拉图的"哲学王治国"；魁奈认为"中国的制度建立于明智和确定不移的法律之上，皇帝也要审慎遵守"。另一派是孟德斯鸠为首的"贬华派"，把中国塑造成东方专制的典型。同样是君主统治，西方人可以叫"君主制"（monarchy），而中国人只能叫"专制"（despotism）。孟德斯鸠还把中国和鞑靼帝国同归一类"东方专制"进行批判。他说，即便是西方的"君主暴政"，也要远胜于"东方专制"。再后来，黑格尔发明了历史从东方开始到西方结束的历史观，东方天然是落后、停滞、奴役；西方天然是进步、自由、文明。这些大师，除了从传教士那儿道听途说，没人去过中国，没人看得懂中文，没人研究过中国历史，甚至没分清有多少种"东方文明"。大师们对中国政制的一知半解，却被不少中国人自己当真了。

除了"东方专制"这条脉络，大师们对中国的误判还有很多。比如马克斯·韦伯。他说中国是"家产官僚制"，说官僚们都是君主家臣，说中国没有建立统一的财政体系，说读书人科考做官是对"官职俸禄"的投资，期待成为"包税人"。这不符合基本史实。从汉代开始，财政就分为国家财政（大司农）和皇家财政（少府），皇帝从不用私钱支付俸禄，官僚也不是皇帝家臣。从秦朝开始，征税都是由县乡两级的基层税吏完成，"包税人"从不曾在大一统王朝时代存在过。韦伯描述的场景倒完全是罗马皇帝与家臣、与军队、与包税人的关系。对这类误判，中国史学家们想讲也没处讲，因为西方很少认真倾听过中国。现代化始终以西方为中心，中国一直处于被改造被教育的边缘。今日西方之所以聚焦中国，只是由于我们工业化的成功使他们回头看看而已。

我们不能跟在西方中心主义后面认识自身。中国近代以来，许多改革者都在"西方自由"与"东方专制"间挣扎。如梁启超。戊戌变法失败后，他先后写了《拟讨专制体檄》与《中国专制政治进化史论》，一边说"专制政体者，我辈之公敌也"，号召人民"破坏而齑粉之"；一边又承认，中国的科举制和郡县制也有皇帝与平民联手从门阀世家、诸侯藩镇手里夺取治权的积极一面，与欧洲贵族封建历史完全不同。之后，他访问美国，当听到西奥多·罗斯福总统在扩充海军演讲中谈到"彼中国者老朽垂死，欧洲列强当共尽势力于东亚大陆，而美国亦可同时扩其版图"时，他彻夜不眠"怵怵焉累日，三复之而不能去"。几年后又写了一篇《开明专制论》，说中国古代的"专制"也有"开明"之处①，儒家重民本，类似于沃尔夫与霍布斯；法家重国本，类似于博丹与马基雅维利。梁启超的自我矛盾，反映了中国许多知识分子一方面想借西方文明改造自身，一方面又对西方丛林法则无法认同的痛苦心路。

秦汉与罗马，两条不同的文明道路，各有高峰低谷。

---

① 参见：梁启超著，汤志钧、汤仁泽编，《梁启超全集》，第5集，中国人民大学出版社，2018年版，第297～357。

我们不能用别人的高峰来比自己的低谷，也不能用自己的高峰去比别人的低谷。我们应当从高峰中体会到彼此的优点，从低谷中体会到彼此的缺陷，再寻找各自改进之途。中国历史远非完美无缺，否则就不会在近代遭遇惨败。

罗马之独特价值，在于相信有限的冲突能创造活力。罗马史家林托特说，"这个社会允许其最能干的公民以广阔空间实现自我、成就伟大。这个社会所接受的是：界限之内，有活力的冲突可能富有创造性。"罗马之失不在于冲突，而在于冲突失去了界限，又没有"一体"来予以调节，最终导致大分裂。"冲突政治"最要命的就是团结需要外敌。西方史学家们认为，罗马政制一旦排除了外敌，达到一种无人能及的优势和统治地位时，一切平衡的因素都开始越过应有的"界限"而开始崩裂。罗马之衰落，从击败迦太基成为霸主后就开始了。

两汉的独特价值，在于一体与多元并存。一体保证凝聚，多元保证活力。难在同时保持一体与多元。当一体完全压倒了多元，就开始僵化。当多元完全压倒了一体，就开始分裂。秦亡于"法家压倒一切"，西汉亡于

"儒家压倒一切",东汉亡于上下层同时分裂。如何同时驾驭"一体"与"多元",是中国政治的永恒课题。

在真实的世界里,没有一种政治制度,能仅仅依靠制度本身得以成功。制度发挥好坏,取决于运行制度的人。因此每一种制度的真正生命力,在于是否能源源不断培育出既能维护根本价值观,又能填补其缺陷的人。今天,在于是否能培育出既能拥抱世界多元,又能坚持自身一体的青年一代。

中国不是唯一的古老文明。其他古老文明也挣扎在"现代化"和"重新审视自己"的痛苦中。然而,他们必将完成现代化,也必将开始讲述被现代化一时遮蔽的古老价值。中国如能与西方完成文明对话,就会为所有古老文明互融互鉴开辟出一条近路。

东方和西方,都站在自己的历史遗产上,谁都不可能推倒重来。但我们依然可以商量着来。

（此文为2020年9月时任中央社会主义学院党组书记、第一副院长潘岳所作）

刘邦的三大历史之谜

刘绪义

后人读鸿门宴，将项羽不杀刘邦，归结为项羽的败笔。其实，鸿门宴真正的疑问不在这，而在于：项羽即使在宴会中不杀刘邦，在宴会之后，刘邦势力并未因一场宴会增强，项羽仍然可以分分钟灭了刘邦，假如项羽后悔的话。事实上，项羽不仅没有后悔，而且还封刘邦为汉中王，这是为什么？

刘邦丰西释徒之谜

秦始皇三十七年，即公元前210年，距离西北咸阳数千公里之外的楚国故地丰县发生一起很小的事，一群本来要被送到郦山的役夫逃亡了。《史记·高祖本纪》是这样记载的："高祖以亭长为县送徒骊山，徒多道亡。自度比至皆亡之，到丰西泽中，止饮，夜乃解纵所送徒。"

押送这群役夫的是刘邦，当时的身份是泗水亭长。役夫中途逃亡的原因不明，人数不详，刘邦估计这一路远去西北，役夫也逃得差不多，无法向朝廷交差。逃一个是死，全部脱逃也死，于是，干脆将他们全部释放了事。

同样的故事发生在第二年更加惊天动地，也就是公元前 209 年，陈胜、吴广等一群戍卒赶赴渔阳，途中遇雨，耽搁了行程，他们估计到了渔阳必定误期，按秦律当死，于是干脆反了，撕开了亡秦的序幕。

但是，刘邦不一样，他是亭长（公务员），这叫知法犯法。更奇怪的是，此时的刘邦正处于四十七岁的中年，上有老下有小，他自己可以逃掉，但他的家人怎么办？

两千多年后，一个叫张爱玲的女人非常理解中年男，她说：人到中年的男人，时常会觉得孤独，因为他一睁开眼睛，周围都是要依靠他的人，却没有他要依靠的人。刘邦正处于这样一个尴尬的年龄。激情对于他来说是一种浪费，梦想对于他来说是一个牌坊。真的是不敢病，也不敢死。中年男认怂的时候比任何人都要多。刘邦冒这么大风险值得吗？

奇怪的事情还有很多，譬如，陈胜、吴广等人还有都尉押着，都尉本为郡尉，一个郡的军事将官，仅次于将军。刘邦却并无朝廷护送兵力，难道他只是一个人？刘邦释放役夫的地点也颇为奇怪，丰西泽，也就是丰邑（今江苏丰县县城）的西边，距离刘邦的老家沛县县城充其量八十里左右，又是淮北平原，路途平坦，步行一天左右。刘邦押送役夫的任务是沛县令交给他的，也就是说，这群役夫逃亡及后面的纵徒事件发生在他们刚刚出发的第一天。

这中间，有些役夫逃亡是怎么实现的？押送役夫算得上是当时一件大事，难道事先没有任何防备和预案？刘邦也不是初次办这类差事，此前他曾多次赴咸阳公干，也押送过徒夫，"常繇咸阳"，应该说，无论是经验还是社会阅历，都不至于犯这种低级错误。

但是，这一低级错误确实犯下了，这不得不算得上是一个难解的谜题。

要解开这个谜，不妨看看大宋宣和年间里的山东郓城，也就是《水浒传》里所描述的宋江。刘邦在斩蛇起义之前在沛县的故事与后世的宋江，颇有相似之处。两相对照，写水浒的作者似乎是按照刘邦的模子来写的。

换言之，从现在的史实来看，刘邦反秦起义之前在故乡丰沛的所作所为，颇有神秘感。一个"不事家人生产作业"的刘邦，到底都做了些什么？

作为大秦帝国最基层的领导（亭长），刘邦做了这些事：

一是广交朋友。史书上写到的他"廷中吏无所不狎侮，好酒及色"，其实是他交朋友的方式，因为刘邦出身农家，又不好好干活，没有家庭背景，也无政治资本，无疑交不到上层人物，只能交一些和他一样的底层人物，"狎侮"，符合他们的身份。酒和色，是交哥儿们的最常见手段。他不像宋江，常常出手大方，通过广施银子，能赢得极好名声。刘邦只能通过拉近关系、建立感情来交好朋友。

作为亭长，刘邦的身份和宋江差不多，或者说稍好一点。所以，他的朋友圈中人主要是县衙门里的官吏，以及这些人的朋友，比如沛县令的朋友吕太公。这样他才敢于不持一文而谎称"贺钱万"，"因狎侮诸客，遂坐上坐"。这实际上也反映出他和这些人混得很熟，很随便。大家也不在意。

但是，这并不是关键的，关键在于他结交了一些死党，如沛县主吏掾的丰邑同乡萧何，此人相当于吴用一类人物。在吕太公家的宴席上，萧何敢当着众人的面说："刘季固多大言，少成事。"说明他们关系不错，有恨铁不成钢之意。史载，"高祖为布衣时，（萧）何数以吏事护高祖。高祖为亭长，常左右之。"帮了刘邦很多忙。萧何职务高于刘邦，为何处处保护他？

县吏夏侯婴，"坐高祖系岁余，掠笞数百，终以是脱高祖"。为保护刘邦，被严刑拷打，坐牢岁余。有些类似于晁盖晁天王。同为沛人老乡的任敖，"少为狱吏……素善高祖"。主狱掾曹参，自然也是他的同党。

不仅如此，刘邦还到处结交远方的朋友，"高祖为布衣时，尝数从张耳游，客数月"。

除了同县官吏外，刘邦还有一批玩得好的乡野百姓，如与他同年同月同日出生的卢绾，"高祖为布衣时，有吏事匿，卢绾常随出入上下。及高祖初起沛，卢绾以客从"。樊哙，吕后的妹夫，刘邦的连襟，"以屠狗为事，后与高祖俱隐。初从高祖起丰，攻下沛"。此人越看越像李逵，只不过比李逵有头脑。

另外，即使刘邦出事后，与他过从的宾客仍然很多："始高祖微时，尝辟事，时时与宾客过巨嫂食。嫂厌叔，叔与客来，嫂详为羹尽，栎釜，宾客以故去。""辟事"，虽然没有具体说什么事，但可以看出刘邦在沛县的人脉。《高祖本纪》称刘邦"仁而爱人，喜施，意豁如也，常有大度"。和宋江是不是非常相似？

但是，宋江当初并无造反之意，而刘邦却不一样，各种迹象表明，他结交朋友，丰西纵徒等都是有预谋的。否则，他也说不出"大丈夫当如此也"的话来。

二是搞非组织地下活动。丰西纵徒之前一年，国内发生了许多事，"赋敛重数，百姓任罢，赭衣半道，群盗满山"。在华阴，有人持璧在大道上拦住朝廷使者，献上一句谶语："今年祖龙死。"在东郡，出现了"始皇帝死而地分"的石头。

刘邦于距离丰县县城较远的一个偏僻地方纵徒，显然是为了避免丰、沛二县遭受连坐。

事实上，刘邦丰西纵徒，不是他一手而为。知道此事的人不只吕后，因为事发后，"（高祖）亡匿，隐于芒、砀山泽岩石之间。吕后与人俱求，常得之"。史书的解释是刘邦所处的地方总有云气，这是鬼话，恰恰说明他们事先有商量。

至于吕太公给刘邦看相、神秘老父给吕后及其子女等人看相，都是为了给刘邦聚人气。

后来，萧何、曹参鼓动县令与刘邦联手反秦，"乃令樊哙召刘季"。为什么指令樊哙去召，而不是找？也不是要他人去召？原因很简单，因为樊哙"与高祖俱隐于芒砀山泽间"，萧何、曹参至少也是知情人。结果，刘邦身边早聚集了百多人。而且，"沛中子弟或闻之，多欲附者矣"。

等到刘邦一到，他们"共杀沛令，开城门迎刘季……萧、曹、樊哙等皆为收沛子弟二三千人，攻湖陵、方与还守丰"，表明他们此前早就结成一个秘密地下组织，否则哪会如此配合默契，且力量不可小视，泗水郡监御史率兵讨伐，刘邦据丰邑防守，都能大破秦军。后来刘邦不像他的大老乡项羽那样，非得把"首都"放在离他老家宿迁不远的徐州，也就是刘邦的家乡，刘邦不用担心"富贵不归故乡，如衣锦夜行"，他在家乡的名气似乎比项羽在家乡的名气要大得多。因此，晚年的刘邦回故乡时颇有感慨地说："丰吾所生长，极不忘耳。"表明，丰县极有可能是他起义前从事非法组织秘密活动的大本营。

那么，司马迁为什么不直书刘邦这段经历呢？唯一的可能就是他不想将刘邦描述成一个早有预谋的造反者，因为在司马迁眼里，刘邦是"大圣"（在《史记》中孔子是"至圣"）。

刘、项相争赢在哪

就在陈胜吴广起事的当年，公元前209年九月，会稽郡守殷通召其好友项梁商量，我们也搞点事吧，你看大江以西纷纷举兵反秦了，先即制人，后则为人所制。郡守决定让项梁和另一个流亡在草泽中的桓楚一起统率军队。没想到，项梁竟然和侄子项羽谋杀了好友郡守，自己举兵反秦。

这样，项氏叔侄率八千江东子弟以不光彩的开篇加入了反秦洪流。

这段历史一般不大为后人提起，其实，《项羽本纪》以此开篇，就为此后项羽战败不肯过江东埋下了伏笔。郡守一番好意，不料竟为好友暗算，实在太冤。这与刘邦在沛县起事之时，沛县令反悔欲杀刘邦、萧何等人，导致刘邦围城，沛县父老与子弟共杀沛县令截然相反。

这种事瞒不住人的，胜利了，还好说，证明你项羽杀得对；战败后的项羽有何脸面回江东见父老乡亲？

七年多的时间，从反秦到楚汉相争，项羽在短暂的历史舞台上留下了浓墨重彩的一笔，引起后人无数遍的怀念和沉思，同为楚人的刘邦和项羽，一胜一败，也成为一个历史之谜。

刘邦胜在哪？项羽败在哪？两千多年来众说纷纭。大家共同的倾向是认为刘邦会用人，而项羽这边人才流失极为严重，是导致他最终失败的根本原因。

得人则胜，失人则亡，无庸讳言，这是楚汉相争孰胜孰败的重要原因，但不是唯一。

项羽并非一开始就是失败的，比较而言，同为灭秦主力，项羽的崛起速度之快远胜于刘邦，灭秦之后，实力更是远超刘邦数倍，这怎么能说项羽不会用人呢？可见，根本的原因并不在此，而有着更深层的原因。

首先，赢在长远战略，败在短视行为。从反秦动机上看，刘邦有统一天下之志，项羽只是出于复仇。表现最明显的就是项羽好杀，这是最短视的做法。定陶一战中，不听原楚国令尹宋义劝告的项梁战死。刘邦和宋义，成为楚怀王麾下两支主力，项羽只是宋义手下一偏将。后来，项羽斩杀宋义，夺取军政大权。项羽之杀宋义，与当初杀会稽郡守殷通如出一辙。宋义纵然有举兵不进，想坐观秦赵相争之过，擅杀统帅，项羽之骄功急进如此，也因此丧失了西进咸阳的先机。

刘邦以仁，获得了楚怀王的支持，得到了出兵咸阳的机会，善待秦王子婴和降将，从而也赢得了三秦父老的好感。然后打出"与天下共利"的旗号，赢得了其他诸侯的支持。可见，其志在平定天下，而不是复仇。这一点，项羽谋臣范增看得很透："吾令人望其气，皆为龙虎，成五采，此天子气也。"话虽很玄乎，但刘邦的所作所为确实有王者风范。项羽进咸阳后，不仅杀了秦王子婴，而且以欺诈的手段坑杀了二十万秦之降卒，屠咸阳，烧宫室，将三秦大地得罪得最为彻底，导致他不敢在咸阳这一形胜之地立足，当他被人点醒"关中阻山河四塞，地肥饶，可都以霸"之后，已悔之晚矣。这都是由于缺乏政治远见的结果。

项羽的目的自始至终就是复仇，亡秦以后，结果达到了，所以，他自封为"西楚霸王"，心满意足。他的目的不是天下共主，而是作为六国之一的楚王。

其次，从心态上来看，刘邦没有亡秦必楚的道德包袱，项羽却背负着沉重的道德包袱。他以亡秦义军首领自居，成功地平定三秦后，他不得不装出仁义之举，大肆分封各路义军首领为王，自己却放弃故秦，退回到故楚。

可以说，故楚名将之后，这一名号始终是项羽的一大道德包袱。正是基于此，迫使他必须以复仇为使命。他之所以回到徐州，以彭城为都城，很大一个原因，就是始皇二十三年，秦将王翦灭楚，虏获楚王之后，项羽的先祖项燕立昌平君为荆王，在淮南一带继续反抗秦兵。直到始皇二十四年，项燕死于此地。淮南是项羽的祖居地，他的心里只有这个道德包袱。

垓下一战，项羽宁死也不肯过江东，并非他担心将战火引入江东，给江东父老带来灭顶之灾，而是因为一连串杀戮、战败使他内心的道德形象已经崩塌，丧失了自信。正是他的所作所为，将他逼入"四面楚歌"的境地。早在他"别姬"的那一刻起，就作好了不过江的打算，否则怎么可能、又何必让心爱的虞姬白白送掉性命？

再次，刘邦看到了秦制的好处，并很好地利用了秦制的优点，成功地得以壮大；项羽却倒退到战国模式，分封诸侯，是其最大的败笔，不仅放弃了中原之王、天下之主的地位，将自己变成诸侯，而且很快就重蹈了六国的覆辙，掉入了自己挖下的坑里。

李开元说：秦始皇彻底地废除封建实行完全的郡县制，既是急政，也是致乱之政。这个政策，不但超越了时代，加剧了帝国内秦本土和六国旧地之间的紧张，而且破坏了秦国奉行多年行之有效的"亲贤并用"（亲族和贤人并用）的传统，将稳定国政的基本力量——秦国贵族驱逐出政治舞台，种下了内部崩溃的祸根。这个政策，李斯要负很大的责任，他是政策的提出者、鼓吹者和执行者，是毁灭秦帝国的祸首之一。

这一说法，显然无视郡县制的好处，是适合时代需要的先进制度，既不是急政，更不是致乱之源。秦本土和六国的矛盾与紧张并非封建和郡县之间的紧张，当时七国都渴望一统，结束战乱，即使秦国不统一，都会由楚国或齐国来统一，统一之后，必然舍弃封建，走更先进的郡县制。李斯提出"灭诸侯，成帝业，为天下一统"的"大一统"思想是吻合时代趋势的，正是基于这一趋势，西汉初"公羊学派"就正式出现了"大一统"的思想。它并非一个地域统一的理念，而是指国家政治的整齐划一、思想上经济上的中央集权。事实上，山东反秦风起云涌时，秦本土内部并没有崩溃，即使帝国高层李斯和赵高致乱，将秦二世扶上帝王宝座，也不影响其统治根基。假如秦二世不那么混蛋，凭借关中险要也足够平定山东叛乱。

刘邦是从秦朝体制中走出来的，意识到了秦制的好处，进入咸阳后，他只是以"约法三章"废除了秦法中繁琐的酷刑，保留了秦制。如果秦制真的有问题，那么，刘邦入关中后，首先应当改变或者废除秦制。相反，刘邦完全采纳了秦朝的军功爵制等旧有制度，对将领立功都有具体数字登记。

所谓的"亲贤并用"，并不如李开元所说的那样行之有效，相反，倒容易导致亲族和贤人之间的矛盾与倾轧，后世的历史早就证明了这一点。西汉前期废掉异姓王，改立同姓王，其结果是导致"七国之乱"。最后不得已还是采取强干弱枝之法，才消除隐患。西汉后期，后党专政，也证明亲贤不两立。秦国的成功恰恰就在于贤人治国，以法为教。

项羽没有意识到战国之乱的根源所在，灭秦后恢复所谓的山东六国，这是逆时代潮流而动，简直是倒行逆施。新的山东六国，只要有一国出现问题，就会导致天下大乱。以齐国的相国田荣为例。田荣因未出兵攻秦，未得受封，心怀怨恨出兵作乱，先是攻灭了项羽所分封的齐王田都、济北王田安、胶东王田市，自称齐王，导致齐国大乱。然后支援陈余攻占了赵国，驱逐了项羽所分封的常山王张耳，迎回赵王赵歇，导致六国大乱。紧接着以彭越为先锋，以齐军主力为后援，率先攻入项羽的楚国，逼近首都彭城，直接威胁到楚国的安危。这恰恰证明过去的封建制是根本问题所在，诸侯割据是天下乱源。

后人读鸿门宴，将项羽不杀刘邦，归结为项羽的败笔。其实，鸿门宴真正的疑问不在这，而在于：项羽即使在宴会中不杀刘邦，在宴会之后，刘邦势力并未因一场宴会增强，项羽仍然可以分分钟灭了刘邦，假如项羽后悔的话。

事实上，项羽不仅没有后悔，而且还封刘邦为汉中王，这是为什么？

其实，在鸿门宴上，项羽注定一开始就不会杀刘邦，因为这违背了项羽的初心，他是要恢复六国制，杀了功劳大的刘邦，如何服天下？如何建立六国制？因此，即使范增劝谏，他都不听，并非他信不过范增。

相反，项羽听项伯的，项伯为什么能说服项羽？因为项伯明白项羽的底线是只要刘邦不自立为王即可。否则，刘邦即使脱离了鸿门宴，项羽仍然可以发大军击灭刘邦。他为什么不呢？原因就在这里。否则项伯也不会冒天下之不韪去背叛自己的侄儿来帮助刘邦。

他的谋臣范增，却不懂得项羽的心思。先是范增劝立楚怀王，就最为失策。清代史学家王鸣盛说得好："六国亡久矣，起兵诛暴秦，不患无名，何必立楚后，制人者变为制于人。"（《十七史商榷》）换言之，不立楚怀王，照样可以为楚国复仇。相反，立了楚怀王后，反而成了自己复仇的一个麻烦，导致项羽最后又不得不除掉他，这又让自己背上了一个极大的道德恶名，使刘邦

名正言顺得以号召天下攻击项羽。刘邦历数项羽"十宗罪",其七与楚怀王这个义帝有关:

始与项羽俱受命怀王,曰先入定关中者王之,项羽负约,王我于蜀汉,罪一。

秦项羽矫杀卿子冠军而自尊,罪二。

项羽已救赵,当还报,而擅劫诸侯兵入关,罪三。

怀王约入秦无暴掠,项羽烧秦宫室,掘始皇帝冢,私收其财物,罪四。

又矫杀秦降王子婴,罪五。

诈阬秦子弟新安二十万,王其将,罪六。

项羽皆王诸将善地,而徙逐故主,令臣下争叛逆,罪七。

项羽出逐义帝彭城,自都之,夺韩王地,并王梁楚,多自予,罪八。

项羽使人阴弑义帝江南,罪九。

夫为人臣而弑其主,杀已降,为政不平,主约不信,天下所不容,大逆无道,罪十。

除了第五、六、七条外，其他都与项羽违背怀王旨意、逐杀怀王有关。可见，范增这个主意有多馊。

在鸿门宴上，范增又鼓动项羽杀掉刘邦，同样是看不清项羽的心思，尽管他勃然大怒拔剑撞破了玉斗，怒骂道："小子不足以成大事，夺项王天下的人，一定是沛公，我们这些人如今要成他的俘虏了。"话说到这个份上，项羽仍不为所动，并非他没有脑子，项羽不至于昏聩到这个地步，而是他的理念并非要杀掉刘邦。

因此，楚汉相争，一胜一败，背后的玄机在此。

刘邦临终为何拒绝治疗

读《史记》，读到刘邦之死时，心头总有一个疑问，刘邦中箭受伤，为何拒绝治疗呢？难道真的是不信医生的话，知道自己天命已到了尽头？

《高祖本纪》是这样记载的：

高祖击（英）布时，为流矢所中，行道

病。病甚，吕后迎良医。医入见，高祖问医。医曰："病可治。"于是高祖谩骂之曰："吾以布衣提三尺剑取天下，此非天命？命乃在天，虽扁鹊何益！"遂不使治病，赐金五十斤罢之。

刘邦一生好骂人，骂人无数。但这是刘邦生前最后一次骂人，但这一骂，骂得很莫名其妙。

刘邦生于公元前 256 年，死于公元前 195 年，此时他才六十岁。

明明医生说可以治，刘邦偏偏拒绝治疗，这颇不合常理。即使医生是骗人的，好歹也要治一段时间才能下结论。

刘邦的病，史公说是中了"流矢"，就是箭伤。

刘邦征战沙场八年，一共受过五次箭伤，《史记索隐》说刘邦楚汉相距六年中间："身被大创十二，矢石通中过者有四。"其中最厉害的一次是和项羽对阵时，时间是在汉四年（公元前 207 年）。刘邦在阵线历数项羽十宗罪，"项羽大怒，伏弩射中汉王。汉王伤胸，乃扪足曰：'虏中吾指！'汉王病创卧，张良强请汉王起行劳军，以安士卒，毋令楚乘胜于汉。汉王出行军，病甚，因驰入成皋。病愈，西入关留四日"。

这一次中箭，刘邦安然得愈。

第二次箭伤，就是这一次征讨英布。刘邦中箭在汉十二年（公元前195年）十月，死于次年四月，从受伤到病亡时间长达半年。

在古代冷兵器时代，中箭受伤是很常见的事。三国时期，孙坚死于箭下，三十六岁；曹操、周瑜、关羽也中过箭，但未死；庞统中流矢，死时三十六岁；张郃膝盖上中箭而死。箭伤的死亡率高，但并非都会死。这跟中箭的身体部位有关，也跟箭的类别有关。射中身体要害的，可能当场而亡；最可怕的中了箭头有毒的箭，但如果治疗得当，如关羽那样刮骨疗毒，也不会死。

刘邦同样中的是流矢，应该不是要害部位。那么，有一种可能，就是中了毒箭。

从刘邦受箭到死的时间来看，不是箭头导致的外伤，这种伤在西汉时应该有成熟的治疗方法。刘邦没有必要"不使治病"，也断不会说自己安于天命。秦汉时代青铜或铁制的箭镞，无论从弓弩的射程还是箭矢的力度来看，不具备中箭半年后丧命的工艺技术。刘邦作为天子亲征，身边有一支侍卫，防范严密，又身穿铠甲，对弓箭有阻挡作用。

假如刘邦中的是毒箭，自然必死无疑。在这种情况下，刘邦拒绝治疗，似乎说得过去。

不过，这里还有一个疑问，那就是中了箭头带毒的箭伤，假如拒绝治疗的话，那伤口极易溃烂，导致人体感染，会令人痛苦不堪的。从弓箭的原理看，箭伤的痛苦要比中弹的痛苦更厉害。

假如刘邦真的是中了毒箭，又拒绝治疗，他如何能忍受疼痛？又如何能坚持半年之久？这长达半年的时间里，即使刘邦真的拒绝治疗，吕后及朝中大臣怎么可能听之任之？

这些都是不合情理的。

还有一种可能性，就是史公所说的"为流矢所中，行道病"，中了箭之后，又染上其他不治之症。箭伤不是主要的，病才是致命的。但是，史公将中箭和病连在一起，似乎是有意模糊二者之间的区别，这背后说不定是要掩饰某一更深层的不便公开的秘密。

　　如果刘邦是得了某种难以治愈的病，他真的就放心安于天命，坐以待亡吗？

　　刚刚在"游子悲故乡"之时，说出"安得猛士兮守四方"的刘邦，并不放心汉家天下。临死前的二月，还派周勃、樊哙出击有反意的卢绾。不仅如此，他还怀疑起当年和他一起从沛县走出来的萧何、樊哙。从刘邦的性格和经历来看，他也并不相信什么天命。天命只不过是说给天下听的。

　　这背后，到底有什么秘密，只能说一个历史之谜了。

光 绪 之 死

戴逸

　　十月初十日是慈禧的生日，光绪率领百官前往慈禧处探病与请安，从南海步行到德昌门，恽毓鼎随从侍班，皇帝扶着太监的肩头，作身体起落的活动，以舒筋骨，可见身体尚健康正常，但太后不愿与皇帝见面，传谕竟说：光绪已有病卧床，不必再见面了。光绪听了大概很吃惊，话中包含杀机，是不祥之兆。

光绪之死

在距今百年前的 1908 年（**光绪三十四年**），名义上是清朝皇帝，实际上却被囚禁在瀛台的光绪帝和统治中国近半个世纪之久的慈禧太后几乎同时死去。皇帝死于光绪三十四年十月二十一日酉时（**下午五至七时**），太后死于十月二十二日未时（**下午一至三时**），相距不到二十小时。这正当八国联军攻入北京后的第八年，中国备受帝国主义的欺凌侮辱，国势阽危，民生凋敝，国将不国。光绪和慈禧同时死亡，老百姓深感震惊、诧异、惶惑，有识之士担心中国这艘千疮百孔的破舟会不会在惊涛骇浪中沉没？其命运如何？光绪和慈禧在政治上势不两立，矛盾尖锐，一个是 38 岁的壮年，一个是 74 岁的老人，两人同时死亡，这难道是偶然的巧合？其中是否有不可告人的阴谋？会不会是慈禧太后临死之前恐怕光绪皇帝复出掌权、全翻历史的成案，故而谋杀了光绪？一天阴霾，疑云纷起。逃亡到海外的保皇党人为光绪吊丧，大肆声讨慈禧太后与袁世凯，指责他们是谋害光绪的主犯，舆论讨伐，沸沸扬扬。但他们远在海外，并不清楚光绪是怎么死的，仅在两人的死亡时间上质疑，拿不出确凿的证据。国内人众也狐疑满腹，流言纷纷，清廷严加查禁，"奉旨著民政部、步军统领、各督抚悬赏购缉造言煽乱匪徒"（许宝蘅《巢云簃日记》）。宫廷事秘，"斧声烛影"，谁也不明真相，也不敢公开议论。胡思敬回忆当时的情形说："德宗（光绪）先孝钦（慈禧）一日崩，天下事未有如是之巧。外间纷传李莲英与孝钦有密谋，予询问内廷人员，皆畏罪不敢言。"（《国闻备乘》）

其实，在皇帝、太后死亡之前四年，即光绪三十年，早已有人预言到光绪先死。清朝外务部右侍郎伍廷芳早在 1904 年就对日本公使内田康哉透露光绪皇帝必定会死在慈禧太后之前。内田康哉问伍廷芳：当皇太后驾崩后皇上会如何？据《内田报告》："伍言道：亦如世间传闻，诚为清国忧心之事，万望无生此变。伍话中之意，皇太后驾崩诚为皇上身上祸起之时。今围绕皇太后之宫廷大臣，及监官等俱知太后驾崩即其终之时。于太后驾崩时，当会虑及自身安全而谋害皇上。此时，万望能以我守备兵救出皇帝。"（孔祥吉、村田雄二郎《罕为人知的中日结盟及其他绪论》）

其实，慈禧死前必定会谋杀光绪，许多官员太监对此心知肚明，但不敢说出。国内较早指出这一弑君阴谋的是长期陪侍光绪皇帝的翰林院侍读学士、起居注官恽毓鼎。他的工作是记录光绪的起居言行。在清朝灭亡以前，即宣统三年四月他已写成《崇陵传信录》，这是光绪帝的一本传记。其中说：

（光绪三十四年）十月初十日，上率百僚，晨贺太后万寿，起居注官应侍班，先集于来薰风门外，上步行自南海来，入德昌门，门罅未阖，侍班官窥见上正扶阉肩，以两足起落作势舒筋骨，为拜跪计。须臾忽奉懿旨"皇帝卧病在床，免率百官行礼，辍侍班"。上闻之大恸。时太后病泄泻数日矣，有谮上者谓帝闻太后病，有喜色。太后怒曰："我不能先尔死。"

这是恽毓鼎在光绪死前十一天亲历的记载，所记慈禧的话和伍廷芳告知日本公使的话完全符合。十月初十日是慈禧的生日，光绪率领百官前往慈禧处探病与请安，从南海步行到德昌门，恽毓鼎随从侍班，皇帝扶着太监的肩头，作身体起落的活动，以舒筋骨，可见身体尚健康正常，但太后不愿与皇帝见面，传谕竟说：光绪已有病卧床，不必再见面了。光绪听了大概很吃惊，话中包含杀机，是不祥之兆。这是武昌起义前半年多的记载。到了民国二年正月十七日，此时清朝已亡，言路已开，无所禁忌，恽毓鼎在《日记》中说道："清之亡，虽为隆裕（即光绪的皇后，称隆裕太后。辛亥革命推翻清朝，批准发布退位诏书的是隆裕太后），而害先帝，立幼主，授载沣以重器，其祸实归于孝钦也。"（恽毓鼎《澄斋日记》二，632页）恽毓鼎直接指出了"害先帝"的是慈禧太后。民国以后，《崇陵传信录》传播甚广，慈禧谋害光绪之说得到佐证。越到后来，记事者日多，传闻更甚。如《方家园杂咏纪事》中说："吾闻南斋翰林谭组庵，内伶教师田际云皆言，大变之前二

卡斯帕·大卫·弗里德里希

（Caspar David Friedrich 1774—1840）

德国早期浪漫主义风景画家。1794 至 1798 年就学于哥本哈根美术学院。1816 年起在德累斯顿学院任教。其作品常带冷寂虚幻的情味和神秘的宗教气息，以反传统的哲学思考传达主观情感中的大自然。

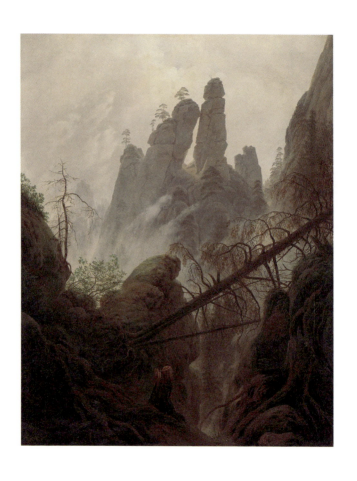

卡斯帕·大卫·弗里德里希
Caspar David Friedrich

卡斯帕·大卫·弗里德里希
Caspar David Friedrich

卡斯帕·大卫·弗里德里希
Caspar David Friedrich

卡斯帕·大卫·弗里德里希
Caspar David Friedrich

日，尚见皇上步游水滨，意志活泼，证以他友所闻，亦大概如此。"尚书陆润庠曾为光绪请脉，对人说："皇上本无病，即有病，亦肝郁耳！意稍顺当自愈，药何力焉。"（《国闻备乘》）许多曾给光绪看过病的医生虽然都认为光绪身体虚弱，常年生病吃药，但死前一段时间病情未见加重，身体尚属正常，并未突发急性致死的病症。其中名医屈桂庭说光绪死前三天"在床上乱滚"，"向我大叫肚子痛得了不得"，且"面黑，舌焦黄"，"此系与前病绝少关系"（《诊治光绪帝秘记》）。晚清内务府大臣增崇的儿子回忆，他幼年时适逢光绪之丧，他父亲接到光绪死的消息，跟叔叔们说："就是不对，前天，天子受次席总管内务大臣继禄所带的大夫请脉，没听说有什么事。""前天继禄请脉后说'带大夫的时候，上头还在外屋站着呢，可怎么这么快呢？'一位叔父说'这简直可怕啦！'另一位叔父说'这里头有什么事儿罢！'我父亲叹了一口气，又摇摇头说：'这话咱们可说不清啦！'"（耆存著《关于光绪之死》，文史资料选辑总122期）光绪死后，穿戴入殓，一反常规，都由宫内太监一手包办，未让内务府插手。"光绪身故后，便是销声匿迹地移入宫中，甚至入殓之际究竟是什么样，也无人能知其详，就连在内务府供职的我的父亲、叔父们都讳莫如深，避而不谈。"（同上）

还有曾经陪侍慈禧太后、在宫中生活多年的德龄在《瀛台泣血记》中写道："万恶的李莲英眼看太后的寿命已经不久，自己的靠山快要发生问题了，便暗自着急起来，他想与其待光绪掌了权来和自己算账，还不如让自己先下手为好。经过几度的筹思，他的毒计便决定了。"据德龄所述，光绪之死，就是在慈禧同意下李莲英下毒所致。德龄对慈禧很有好感，书中很多处赞扬慈禧。但德龄还是说："我竭力袒护老佛爷，可是对于她之经常虐待光绪，以及她谋害光绪性命的事，我却无法替她找出丝毫藉口。"

新中国成立以后，溥仪从战犯变成了平民，写了一本《我的前半生》，其中说："我还听见一个叫李长安的老太监说起光绪之死的疑案。照他说，光绪在死的前一天还是好好的，只是因为用了一剂药就坏了。后来才知道这剂药是袁世凯使人送来的。"

这许多人所说虽然在细节上有不同和矛盾之处，但都猜测或肯定光绪是被毒害致死的。凶手是谁？多数说是慈禧，也有人说是袁世凯或李莲英。提供证言的有长期陪侍光绪的起居注官恽毓鼎，有给光绪治病的医生，有内务府大臣的儿子，有光绪继承人宣统，有陪侍慈禧太后的德龄，还有早就预言了光绪之死的晚清高官伍廷芳。众口一词，都认为光绪被害而死，因此距今30年之前，历史学界和社会上大多数人都相信此说。

20世纪80年代以后，事情发生了变化。清史研究更加重视清宫档案，档案数量汗牛充栋，涉及各个方面，其中有光绪病史的记录，积存甚多，保存相当完整。于是历史学家、档案学家、医学专家共同合作，仔细收集和研究光绪的脉案和药方，探索其一生的健康情况，得出了和上述截然相反的结论。认为光绪一生身体虚弱，百病丛生，久治不愈，尤其光绪三十四年之后，病情加重。他的去世属于正常死亡，并非慈禧等人谋杀，"光绪之死，既无中毒或伤害性的迹象，也没有突然性早亡的迹象，应该是属于正常的病亡"（《揭开光绪帝猝死之谜》）。

专家们在详细研究分析了光绪的脉案之后，说光绪幼年即身体虚弱，大婚之前稍感风寒，必头疼体瘦，年仅十五六岁已弱不禁风，二十七八岁患耳鸣脑响，渐次加重，又长期遗精。平日因慈禧虐待，生活清苦。戊戌以后长期软禁，食不果腹，衣不暖身，御前所列菜肴虽多，但大多腐臭，不能进口，有时令御膳房添换一菜肴，必先奏知西太后，太后常常以俭德责之，光绪竟不敢言。瀛台涵元殿光绪居所年久失修，四处透风，隆冬天气并无炉火，寒冷已极。侍候光绪的老太监王商去和内务府大臣立山商量，立山也同情皇帝处境，偷偷整修了涵元殿，糊好了涵元殿的窗户纸。不料慈禧闻知此事，怒责立山，"看来你越来越能干了，会走好运了，明儿我派你去打扫瀛台"，吓得立山连掴自己耳光，连称"奴才该死"。义和团起时，大概以为立山会与光绪、外国人连通一起，慈禧竟把立山处死。

这些虐待光绪的情形很多。专家们认为，慈禧的虐待使得光绪心情不舒畅，病体更加重，以致死亡。专家们称："详考清宫医案，用现代医学的语言来说，光绪是受肺结核、肝脏、心脏、风湿等慢性病长期折磨，致使身体的免疫力严重缺失，酿成了多系统的疾病，最终造成心肺功能衰竭，合并急性感染而死亡。"（冯伯祥《清宫档案揭秘光绪之死》）也有的专家说："光绪之死与慈禧之死，其间并无必然之联系。光绪帝之死按脉案记录之病理、病状分析，属于正常的疾病死亡。没有发现突发性的意外病变之可能。所谓他是被慈禧所毒害而死的议论，至少，在目前来说，尚没有可靠的史料作依据……他母子二人的接连死去……其实这不过是当时一种偶然的巧合，并没有什么值得可疑之处。"

另一位专家说："从光绪帝临死前的脉案及其亲书的《病原》来分析，其死因属于虚劳之病日久，五脏俱病，六腑皆损，阴阳两虚，气血双亏，终以阳散阴涸，出现阴阳离决而死。"（李秉新《光绪猝死一案》）

1938 年，易县的崇陵（光绪陵墓）被盗掘，尸体遗物暴露在外。1980 年清理并重新封闭了崇陵，曾将光绪的遗骨作过简单检测，当时没有先进的检测仪器，并没有发现有外伤的痕迹，亦无中毒表现。此次检测过程较简单，故只能以脉案作分析，光绪之死属于正常死亡，遂成定论。崇陵重新封闭时，将光绪的若干头发、遗骨与衣服保存在西陵文物管理处的库房内。

社会上虽有人提出了不同意见，但并没有更强有力的新证据。如《启功口述历史》中说：慈禧太后病痢，他的曾祖父（**启功为清朝宗室，其曾祖父溥良为晚清礼部尚书**）在太后住所外侍疾，"就在宣布西太后临死前，我曾祖父看见一个太监端着一个盖碗从乐寿堂出来，出于职责，就问这个太监端的是什么？太监答道：'是老佛爷赏给万岁爷的塌喇。'塌喇在满语中是酸奶的意思。当时光绪被软禁在中南海的瀛台，之前也从没有听说过他有什么急症大病，隆裕皇后也始终在慈禧这边忙活。但送后不久就由隆裕皇后的太监小德张（**张兰德**）向太医院正堂宣布光绪皇帝驾崩了"。但由于对光绪的脉案进行了详细研究，大多数人相信光绪是正常死亡，所以启功先生这段证言未引起学术界和社会的重视。

　　进入 21 世纪，光绪之死的谜案又被提上日程，由中央电视台清史纪录片摄制组、清西陵文物管理处、中国原子能科学研究院反应堆工程研究设计所和北京市公安局法医检验鉴定中心有关专家共同合作，组成"清光绪帝死因"专题研究课题组，运用最先进的技术，采用最精密的仪器，对光绪遗体的头发、遗骨、衣服以及墓内外环境样品进行反复的检验和缜密的分析研究。该研究工作极为复杂艰难，研究时间长达五年之久。

由于崇陵已重新封闭，不可再开棺检验，且年代已久、检材不足，因此研究工作困难巨大。但课题组运用侦查破案的思维方式，按照法医工作规范，充分利用"中子活化""X 射线荧光分析""原子荧光光度""液相色谱 / 原子吸收联用"等一系列现代专业技术手段，通过开展对比、模拟实验进行双向推理、多维论证等工作，对西陵保存的光绪头发、衣服、遗骨进行检测和研究，最终破解了光绪帝死亡之谜。

在研究中，为准确分析和推断光绪帝死时体内微量元素的情况，研究人员将光绪帝的头发检样清洗晾干，再剪切成 1 厘米长的若干截段分别检测，结果发现，光绪帝的两缕头发截段中含有高浓度的元素砷（As），其最高含砷量为 2404 微克 / 克，远高于正常人头发的含砷量 0.25－1.0 微克 / 克，且各截段含量差异很大。砷在自然界分布很广，多以硫化物和氧化物形式存在，主要有雄黄（二硫化二砷）、雌黄（三硫化二砷）、砒霜（二氧化二砷）等，其中砒霜是剧毒的砷化合物。

为验证光绪帝的头发砷含量是否确属异常，研究人员分别提取了隆裕皇后、一清代草料官及当代人的头发样本分别进行同时代、同环境、同性别发砷检测，结果证实，光绪帝的几处头发截段中最高砷含量不仅远远高于当代人样本，也分别是隆裕皇后的 261 倍和清代草料官的 132 倍。为验证光绪帝头发中的异常砷含量是否因长期服用中药雄黄等而导致慢性砷化物中毒所造成，研究人员又将其与当代慢性砷化物中毒的人发砷进行了对比实验，结果显示，光绪帝的头发上最高含砷量是慢性中毒患者最高含量的 66 倍，且砷分布曲线与慢性砷化物中毒者的砷分布曲线完全不同。由此证实：光绪帝头发中的高含量砷既属异常现象，又非自身慢性砷化物中毒而成。

　　那么光绪帝的头发的高含量砷究竟从何而来呢？为弄清这一问题，研究人员首先进行了光绪棺椁内外等环境取样与砷元素含量检测，检验结果：光绪帝头发中的最高砷含量是其棺椁内帷幔碎屑等物品最高砷含量的 83 倍，是墓内外环境样品包括棺椁盖上土最高砷含量的 97 倍，环境样品中的砷含量远低于光绪帝头发上的砷含量。由此，环境污染的可能被排除。接着，研究者又进行了含砷物质浸泡模拟实验，结果发现，外界的砷化合物不经过自身机体代谢，也可以吸附、渗透到头发里。由此推测，光绪帝头发中的高含量砷是由光绪身体内含有高浓度砷的物质沾染所形成。随着研究工作的逐步拓展与推进，在排除了周围环境物质的沾染后，各种研究数据把光绪帝头发上的大量砷元素的唯一来源，集中指向了光绪帝的腐败的尸体。

光绪尸体是否是沾染其头发的砷的唯一来源？如果是，那高浓度砷化物是什么？这些高浓度砷主要存驻于尸体何处？其化合物种类和总量是多少？是否能致其死亡？为搞清这些问题，研究人员决定扩大检测分析范围并依照法医工作规范取样检验。首先，对光绪头发上沾染的残渣物进行了重新检测，检测结果是残渣物的砷含量高于头发。由此，进一步证明了含高浓度砷的残渣物是头发高含量砷的来源；其次，对提取的光绪帝的遗骨进行了表面附着物的刮取与检测，结果表明，其中两块遗骨（一块肩胛骨和一块脊骨）表面沾染了大量的砷，说明这些砷确实来源于腐败尸体；随后，对光绪帝的随葬衣物进行了全面系统的砷的分布的检验。光绪帝的送检衣物共有五件，即四件上衣（或外衣），一条裤子。由于年代已久，五件衣物除龙袍保存状态尚为良好外，其余三件内衣均已不同程度腐烂。根据尸体腐败对穿着衣物侵蚀由内向外会逐步减轻的一般规律，研究人员依次推定出四件上衣由内到外的穿着顺序。随后依照物质吸附和信息转换还原原理，对接近光绪帝尸体特殊部位的衣物分别取样，进行了砷的分布的检验。

检测数据结果表明：从同一件内衣看，每件衣物的胃区部位、系带和领肩部位的含砷量都高于其他部位；从穿着层次看，里层衣物的含砷量大大高于外层；从尸体的特殊部位看，衣物掉落下来的残渣（胃肠内容物）的砷含量极高。这说明，大量的砷化合物曾存留于光绪帝尸体的胃腹内，并在尸体腐败过程中由里向外侵蚀衣物，由此造成胃腹部位衣物的高含砷量。

随着研究工作的推进，大量砷化物曾在光绪帝体内驻存已被实验所证实，但具体是何种砷化物以及其总量是多少还尚不明确。砷化物不同种类具有不同的毒性，总量又能否致人中毒死亡。因此，研究人员又对光绪帝发中高含量砷的砷种态（即砷价态或形态）进行了分析，采用液相色谱／原子吸收光谱联用分析法研究不同种态砷的比例关系，结合进行动物小鼠模拟实验，以判定可能导致光绪帝中毒死亡的砷化合物种类。同时，通过衣物、头发、附着残渣等对光绪帝尸体中的砷化合物总量进行了仔细测算。

实验结果表明：光绪帝摄入的砷化物是剧毒的三氧化二砷即砒霜，而其腐败尸体仅沾染在部分衣物和头发上的砒霜总量就已高达约 201.5 毫克。根据相关研究，人口服砒霜（三氧化二砷）60～200 毫克就会中毒死亡。光绪帝摄入体内的砒霜总量明显大于致死量。至此，光绪帝死因终于破解，即：光绪帝系砒霜中毒死亡。其胃腹部衣物上的砷是其含毒尸体腐败后直接侵蚀遗留所致，而其衣领部位及头发上的大量砷，则由其腐败尸体溢流侵蚀所致。

这次检测和研究的详情、方法、数据和结论由钟里满等十三位专家写成《清光绪帝死因研究工作报告》，结论是："光绪帝系砒霜中毒死亡。"此研究工作报告已公开发布。研究过程表明，这项工作走出了一条超常规之路，是运用现代科学技术和侦查思维解决历史问题的成功尝试。是自然科学研究与社会科学研究并肩合作的范例。研究结果也会对我国史学界和全社会发生重大影响。一百年前光绪和慈禧的死亡，预示了长达两千多年的中国专制帝制的崩塌。三年之后，武昌起义，孙中山领导的民主革命胜利，建立了共和国，清王朝终于被推翻。光绪帝被毒害致死，百年之后得以确证，尘埃落定，真相大白。

本课题的主题是光绪是否被毒死，已得到答复。至于主要凶手是谁？尚可研究讨论。以当时的条件、环境而论，如果没有慈禧太后的主使、授意，谁也不敢、不能下手杀害光绪。慈禧蓄意谋杀光绪已非一日，早在戊戌变法后，就已酝酿废立与弑杀阴谋。光绪二十四年八月初十日，太后再出训政后四天，即以光绪名义发布谕旨称："朕躬自四月以来，屡有不适，调治日久，尚无大效。京外如有精通医理之人，即著内外臣工切实保荐候旨，其现在外省者，即日驰送来京，毋稍延迟。"（《德宗实录》卷436）其实从四月以来，光绪正精神振作，意气风发，雷厉风行地进行百日维新，每天颁发许

114

多诏谕，怎么会"屡有不适，调治日久，尚无大效"？这分明是假话，即使偶有小病，北京有太医院，何以立即要通告全国，征请全国名医为光绪治病。这不过是慈禧怀着废立与弑杀的心肠，在全国制造光绪病重的假象，以便有朝一日实现她的目的。慈禧玩弄的把戏当时许多人已洞若观火，因而有上海绅商经元善等 1200 人联名发电，"请保护圣躬"。全国各地和海外华侨也纷纷反对。外国公使也关心光绪的安全，强硬要求由法国医生入宫为光绪看病。两江总督刘坤一说"君臣之分已定，中外之口难防"。社会上激烈的反对声浪阻止了慈禧阴谋的实施。

从官方档案众多的脉案、药方看，光绪确实体弱多病，但并非因病而死。对这些脉案、药方，也要谨慎从事，考察它是什么环境条件下形成的。

如江苏名医陈莲舫被征召入京，为光绪治病，"叩头毕，跪于下，太后与皇帝对座，中置一矮几，皇帝面苍白不华，有倦容，头似发热，喉间有疮，形容瘦弱……故事，医官不得问病，太后乃代述病状，皇帝时时颔首，或说一二字以证实之。殿廷之上，惟闻太后语音，陈则以目视地，不敢仰首。闻太后命诊脉，陈则举手切帝脉，身仍跪地上，据言实茫然未知脉象，虚以手按之而已。诊毕，太后又缕述病情，言帝舌苔若何，口中喉中生疮如何，但既不能亲视，则亦姑妄听之而已"（许指严《十叶野闻》）。

原来所谓看病如此而已！所谓"脉案"是依照慈禧所说记录在案，这样的"脉案"怎能确证光绪的真实病况？

不久，陈莲舫因如此诊治，承担极大风险，向太监行贿，告老称病逃回了家乡。

其他医生亦有类似回忆。内务府总管大臣增崇是带领众多医生入宫看病的官员，据他的儿子回忆："从当时的情况看，无论太医或外省保荐的医士，给光绪请脉，都得依慈禧的脸色行事。凡干不长的，多半是违背了慈禧心意；干长的则是切合了慈禧的'需要'了。至于世人所能见到的光绪的脉案、处方究竟如何，不待言说。对于这些事，我父亲（指增崇）、叔父们心中有数。我听得多了，也有些明白。"（耆存著《关于光绪之死》，文史资料选辑总122期）

还有当时著名诗人陈衍也说："冬，西后与德宗先后一日崩殂。初，德宗久病未愈，征医各省，处方有效则后怒。"（《凌霄一士随笔》）

总之，慈禧唯恐自己先死，光绪复出掌权，尽翻旧案，故而在全国求医问药多次，大造光绪病重的舆论，希望光绪因体弱多病而先死，在人间悄悄地消失。但事与愿违，偏偏自己先罹重病，势将不起，故临终前令亲信下手毒死光绪。从检测结果与史料记载来看，这应是事实的真相。

附注：本文关于检测数据部分，均系北京市公安局张新威先生提供。

"仁义"窦建德为何兵败如山倒

关山远

《窦建德碑》思考了一个问题，这也是后人常常思考的一个问题：在隋末各路英豪中，最能担得起"仁义"二字的窦建德，是公认的好人，但为什么他偏偏失败了？

公元 829 年，唐朝有个名叫殷侔的小公务员，途经魏州，即今天的河北省邯郸市大名县，被眼前的一幕震惊了：

一座恢宏的大庙前，隆重的祭祀仪式正在进行，人山人海，三跪九叩，场面之盛大，态度之虔诚，都是殷侔从未见过的。但是真正让殷侔震惊的，是当地民众祭祀的对象：窦建德。

窦建德是谁？唐朝立国之初的劲敌！

此时，距离窦建德兵败被杀已经过去了 208 年，而大唐也早已过了鼎盛时期，正在风雨飘摇中走向终点。

殷侔尚不知道 78 年后唐朝就会灭亡，但他知道 200 年来河北人一直没有忘记窦建德。史书中尽是"成王败寇"的故事，但失败者窦建德为何会被人如此铭记？殷侔感慨之下，写下长文并刻于碑上，题为《窦建德碑》。

在最不缺文豪的唐朝，生卒年都不详的小人物殷侔，写这篇文章时冒着风险，却也因这篇文章在历史上留下了自己的名字。

《窦建德碑》思考了一个问题，这也是后人常常思考的一个问题：在隋末各路英豪中，最能担得起"仁义"二字的窦建德，是公认的好人，但为什么他偏偏失败了？

一

有两个故事，最能说明窦建德的仁义：

其一，窦建德率军围攻河间县城，一直没打下来。等到城里粮食光了，恰好又传来隋炀帝被杀的消息，河间郡丞王琮表示愿意投降，窦建德后退三十里办好酒席等着他。王琮带着官吏们身穿白色丧服、双手反绑在背后来到军营门前，窦建德亲自为他们松绑。

手下说：王琮害得我们死伤惨重，我们要求弄口大锅烧水煮死他！窦建德制止了，做大家的思想工作：王琮是一位有节操的人，正好予以提拔任用，怎么能够杀他呢？马上重用王琮，并严禁军中有人借与王琮有仇煽风点火。

其二，在一次战役中，窦建德俘虏了唐将李世绩父子，重用。但没多久李世绩撇下父亲，逃回李唐朝廷去了（李世绩后来成为跟李靖齐名的大唐"战神"级人物），窦建德当然怒了，这时有人建议：李世绩背叛了您，把他爹宰了，出口恶气！

窦建德却说了这么一番话："李世绩本来是唐朝廷的臣子，被俘以后，不背叛他的国君，逃回他自己的朝廷，这是忠臣，他的父亲有什么罪过？不能杀。"

隋末天下大乱，群雄并起，无论是世家造反，还是草莽崛起，乱世中所谓"无毒不丈夫"，个个都是狠角色，先与隋军作战，后来逐鹿中原，血腥杀戮是家常便饭。打仗不是请客吃饭，窦建德也并非"佛系"人士，他击败了宇文化及之后，不仅杀掉了宇文化及，还把抓住的宇文家族的人一股脑儿全杀了。为什么？因为宇文化及是臭名昭著的弑君者，他与隋炀帝杨广有姻亲关系，父子兄弟都蒙受隋朝的恩典，却最终干出弑君谋逆的勾当，为窦建德所不齿。

其实杨广身后有三个谥号，"炀"，是李渊取的，这是一个很差的评价，杨广弑君父、杀兄弟、逼姐妹，好大喜功，确实干了不少坏事，一个"炀"字，把他全盘否定了。还有一个谥号是"明"，来自军阀王世充扶植的皇泰主杨侗，这个字当然比较扯了，但杨侗是杨广的孙子，这么弄也可理解。第三个谥号是"闵"，来自窦建德，"闵"字同"悯"和"愍"，有怜恤、哀伤之意。杨广生前极尽奢华，却死于亲信宇文化及之手，死后连一副像样的棺材也没有。窦建德认为杨广也挺惨的，值得怜悯。

从杨广这些谥号，也可一窥窦建德之为人。

史载，窦建德生活简朴，即使建立政权称王后，也不穿锦衣，吃糙米、素食。不好色，别的人一旦称王，首要工作就是搜罗美女扩充后宫，窦建德呢，击败一个称王的对手，马上把俘获的宫女们全部遣散回家，让她们与家人团聚。不贪财，每次战争后缴获财物，都分给将领，自己不要一分一毫……

最令人称道的，是窦建德对人的悲悯之心，从不轻易杀人，四方豪杰因此纷纷来投，窦军也因此迅速做大。他对老百姓也很有感情，建立夏国后，劝科农桑，薄赋轻徭，与民休养，军纪严明。虽是隋末乱世，夏国境内却一片安宁，没有强盗出没，百姓生活安稳，商人敢在野外露营。

今天的河北永年县，还有一个古老的村庄叫借马庄，村名即来自窦建德的一次善举：有一天他到城北菊花庄微服私访，看到老百姓一家老小人力拉犁，当即将战马借与农夫耕田，菊花庄因此更名为借马庄。

但这么好的一个人，为什么却最终失败了呢？

二

窦建德用人出了问题，大问题。

他重视人才，手下也不缺文武贤才，《旧唐书》记载："初，群盗得隋官及山东士子皆杀之，唯建德每获士人，必加恩遇。"很多人来投奔他，一时人才济济。

缺人，是个问题。但人多了，也有问题：不同山头，如何平衡？不同诉求，如何兼顾？不同才能，如何配置？一言以蔽之：如何通过科学管理，搞好队伍团结问题。

窦建德之败亡，一个重要原因是他误杀了一文一武两个人：

武是大将王伏宝，此人打仗非常勇猛，对窦建德也很忠诚，却被误杀。这一段在《旧唐书》中有清晰记载："其大将王伏宝多勇略，功冠等伦，群帅嫉之。或言其反，建德将杀之，伏宝曰：'我无罪也，大王何听谗言，自斩左右手乎？'既杀之，后用兵多不利。"

王伏宝被杀，源于同事赤裸裸的嫉妒：你这么能，把我们摆到什么位置了？可能王伏宝情商也不高，恃才傲物，结果搞得一堆人都在说他坏话，联合起来诬陷他谋反。三人成虎，众口铄金，窦建德选择相信了大多数人，便处死了王伏宝。

文的是宋正。《旧唐书》记载："纳言宋正本好直谏，建德又听谗言杀之。是后人以为诫，无复进言者，由此政教益衰。"

这个正直的爱提建议的宋正，也是死于同事的谗言！他的死，同样造成了恶劣的后果：没人敢在窦建德面前说真话了，大家更多是顺着他的心思，讲些他喜欢听的话。更严重的后果是：王伏宝、宋正两个勇敢正直的人先后被谗言害死，意味着窦建德的团队，歪风邪气已占了上风，抢了话语权，这种格局，犹如定时炸弹，在决定窦建德和夏国命运的关键时刻，爆炸了。

能否让部下齐心协力跟着干，是衡量领导力的重要标志。有人曾概括过，让部下跟着干，有三重境界：一是让部下感受到恐惧，二是让部下感觉有利益，三是用共同的价值观来凝聚、激励部下。

纵观隋末群雄，大多数人停留在第一重境界：用恐惧来驾驭部下，譬如王世充，自从手下有个干将投降李唐朝廷后，他不去反思自己的言行，反而采用酷刑严厉控制——家里有一个人逃跑，全家不论老少都株连被杀，父子、兄弟、夫妻之间只要告发就可免罪；又命令五家为一保，互相监督，如果有人全家叛逃而邻居没有发觉，四周的邻居都要处死；每当派遣将领出外作战，也把他的亲属拘留在宫里作为人质……

那个年代，能够达到第三重境界的，也就只有李世民一人了。历史对此给予了高度评价，《剑桥中国隋唐史》上评价说："国家由一个精力充沛但聪明而谨慎的皇帝治理，他牢固地掌握着他的帝国，同时又一贯谦虚耐心地听取群臣——这些大臣本人也都是卓越的人物——的意见。太宗的施政作风之所以被人推崇，不仅由于它的成就，而且由于它接近儒家的纳谏爱民为治国之本这一理想，另外还由于它表现了君臣之间水乳交融的关系。"

窦建德在哪个境界？应该说，处于从第二重境界向第三重境界过渡期间。遗憾的是，未能过渡成功，然后，没有然后了。

三

毛泽东有过这样的精辟论断：领导者的责任，归结起来，主要是出主意、用干部两件事。

窦建德在"用干部"方面出了大问题，在"出主意"方面，更是犯了致命错误，而且连续的致命错误。

其一，李世民进攻王世充。20世纪80年代万人空巷的电影《少林寺》，背景就是李世民与王世充作战。王世充屡战屡败，地盘越来越小，最终只能龟缩在洛阳城里，无奈之下，向窦建德求救。救，还是不救？

窦建德很讨厌王世充，因为王世充立杨侗为皇帝又干掉杨侗自己取而代之。事实上，王世充这个人在历史上口碑很差，用今天的话来说，属于"烂人"一类。窦建德与手下商议后，还是决定去救，当时局势是李唐、窦夏和王世充的郑国三足鼎立，窦建德想：王世充要是亡了，压力就全在我身上了。唇亡齿寒，没错，错就错在，窦建德决定亲率大军，离开经营多年的河北根据地，浩浩荡荡开到洛阳去救一个自己厌恶的人。

其二，窦建德大军开到，形势其实对他和王世充大大有利，对李世民大大不利，古代作战，最怕攻城不下，援军赶到，里外来个夹击，惨不忍睹。

但窦建德犹犹豫豫，走得很慢，他不是个傻子，存了个小心思：坐山观虎斗，让王世充跟李世民先恶斗一场，自己来收拾残局。没料到王世充被李世民吓破了胆，扼守坚城不出，窦建德在一厢情愿的等待中，浪费了大把黄金时间。

其三，李世民是个战略高手，见窦建德来救，便分兵两处，一处继续围困洛阳，自己另带一部，往虎牢关抵抗窦建德。窦建德与之交锋，多次失利，士气颇受影响，怎么办？这时谋士凌敬提议说：全军渡过黄河北上，跨越太行山，杀到李唐老巢太原去！

这无疑是一个好主意，唐军精锐被牵制在洛阳附近，大后方正空虚着呢。夏军若杀到太原，洛阳之围，也自然解了。

窦建德一听：不错！但他召集部下开会后，又改变了主意，决定继续留在虎牢关与李世民硬扛。

战略机遇就这么错失了，窦建德一念之差，历史的走向，改变了。奥地利著名作家茨威格曾在名著《人类群星闪耀时》中探讨历史关键时刻的吊诡细节，拿破仑输掉滑铁卢一役，在于把制胜希望寄托于一个不会变通的庸才，茨威格感慨道："只有一件事会使人疲劳，摇摆不定和优柔寡断。"

当然，支撑窦建德留下来与李世民硬扛的，是他的谜之自信：咱们士气旺盛，将领求胜欲望强烈。

但事实是：王世充派来的使者长孙安世见窦建德有撤军的念头，于是使出贿赂之计，以大量金银珠宝利诱各个将领，这些将领拿了钱财，就纷纷游说窦建德：凌敬不过是个书生，怎能跟他谈打仗呢？咱们兵强马壮，一举荡平李世民，天下还不是您的？

四

公元 621 年 5 月 28 日，虎牢关，李世民发动了一场"斩首行动"。行动目标：窦建德。

当时，夏军主力远多于唐军，他们也算骁勇善战，但他们还没布好阵，李世民就亲率玄甲军突然从正面冲进敌阵，包抄部队从后面杀进去，前后夹击，夏军阵势大乱，四处逃命。唐军追击三十里，俘获 5 万多人，最大的俘虏，是夏王窦建德。

王世充在洛阳城头看到窦建德被俘，两人相对流泪，王世充最终献城投降。虎牢关之战，绝对是唐朝最终一统天下的关键之役，一役解决两大强劲对手。

后人分析虎牢关之战，皆认为此役李世民能胜，但获此大胜，有很大的运气成分。试想想，窦建德是何等英雄人物，完全具备与李唐争天下的实力，却这么戏剧性地在一场突袭中给活捉了……

殷侔在《窦建德碑》一文开头中，也认为窦建德失败是因为"运气不好"，"天命"不在他这一边："云雷方屯，龙战伊始，有天命焉，有豪杰焉。不得受命，而命归圣人。于是元黄之祸成，霸图之业废矣。"

确实，窦建德英雄一世，却遇到了不世出的李世民。李世民跟王世充远不在一个等级，窦建德此前战胜的魏刀儿、宇文化及和孟海公等，更是连给李世民拎鞋都不配。

李世民有多厉害？他兵临洛阳城下时，王世充曾趁着唐军营垒还未安顿好，带着两万人马出了洛阳方诸门，想打唐军一个措手不及。大战爆发，李世民一马当先，陷入敌军的重重包围。厮杀中他与部下失去联系，坐骑也中箭受伤。千钧一发之际，部将丘行恭赶到。将自己的战马让给李世民，两人拼死冲杀，这才突出重围，与大军会合。

谁能坚持，谁就能取得胜利。激战持续了半天，遍地积雪都染成了红色。王世充终于坚持不住，败回城内，从此闭门坚守，再也不敢出战。

李世民勇猛无畏，自己也是个高手，他曾自信地对大将尉迟敬德说:"我拿弓箭,你执槊守卫,敌人再多,谁能近身?"

李世民作战虽多次涉险,却绝对不是一个有勇无谋之人,恰恰相反,他善于做判断,尤其是在千钧一发之际,他能迅速洞察形势,坚持己见。

窦建德大军来救王世充时,唐军两面受敌,形势一下子变得严峻起来。李世民的部下也出现了意见分歧,多数将领主张撤兵,退守到洛阳以西的新安一带。但李世民思考之后,决定:不撤,围洛阳,打夏军。

历史证明:他做了正确的选择。

虎牢关大战这一年,李世民 22 岁,窦建德 49 岁。

史载:窦建德被俘后,李世民训斥他:我收拾王世充,你不在河北好好待着,跑过来捣什么乱?窦建德笑答:我不过来,你也会到河北去收拾我的。

英雄末路,倒也潇洒。

五.

窦建德被押到长安,处死。他的多年知己刘黑闼召集夏国旧部，又在河北山东搅起滔天巨浪，唐军费了老大功夫才摆平。由此可见，窦建德的实力有多雄厚。

英雄之死，总是令人惋惜。后人还杜撰了一个故事：窦建德之女窦线娘，为救父亲，在李渊面前衔刀长跪，愿意替代父亲赴死。李渊感动，赦免了窦建德，让他出家为僧。这是一个政治正确又皆大欢喜的故事，当然，只是虚拟的故事。

后人常以项羽来比窦建德，但殷侔不这么认为，《窦建德碑》中写道："或以建德方项羽之在前世，窃谓不然。羽暴而嗜杀，建德宽容御众，得其归附，语不可同日。迹其英兮雄兮，指盼备显，庶几孙长沙流亚乎？"他认为，项羽好杀，窦建德仁义，项羽比不上窦建德。窦建德，应该是三国时孙坚一样的人物。

遗憾的是，窦建德没有一统天下，也没有成为孙坚一样的人物……

殁后振芳尘：魏征家族的沉浮

游自勇

　　贞观二十三年（公元 649 年）五月，太宗薨，九月二十四日的敕书中指定的配享功臣名单里没有魏征，这是耐人寻味的。在传统观念里，大臣死后能否得以配享先帝太庙，这是判定此人生前功绩及与先帝关系的最重要风向标，魏征不在其列，说明太宗对于魏征的心结并未完全打开。

作为中国古代谏臣的楷模，魏征是一位家喻户晓的人物，他与唐太宗"君明臣直"的形象受到历代封建统治者的推崇，并深入人心。

然而，魏征的历史地位并非从一开始就得到确立，而是一个抑扬起伏的过程，这一点又深刻影响到了魏氏家族的盛衰。

唐太宗与魏征

唐太宗的年号是"贞观"，取自《周易·系辞》，"贞"是正的意思，"观"就是看，"贞观"的意思是示人以正、正大光明，具有强烈的政治含义，表明太宗即位之初，就已经决心要当一个明君了。

唐太宗最被人称道的有两点。一是善于用人，虚心纳谏。贞观三年，唐太宗对臣下说："君臣本同治乱，共安危，若主纳忠谏，臣进直言，斯故君臣合契，古来所重。若君自贤，臣不匡正，欲不危亡，不可得也。君失其国，臣亦不能独全其家。"将君臣共治提到如此高度，在帝制时代是十分难得的，与后世"伴君如伴虎"的君臣关系可以说是迥异。二是以民为本。唐太宗的立国路线是儒家的德治，比较注意普通百姓对于国家的重要性，对此，君臣都有高度的自觉性。这两点说起来简单，但要真正持之以恒却是极难的，需要君臣两方共同努力才行。贞观的大部分时期，唐太宗和他的大臣们较好地履行了这两点，所以贞观时期虽然称不上盛世，却被后世奉为政治清明的样板。贞观时期的诸多政策、做法被统称为"贞观故事"，成为后来封建帝王进行政治动员的资源。

"贞观故事"的形成，与魏征是分不开的。众所周知，魏征原本是隐太子李建成的幕僚，玄武门之变后被太宗留用。在唐太宗的政治集团中，魏征是强调儒家道德标准的一派，他以近乎清教徒式的道德标准不断劝谏唐太宗，不屈不挠又无所畏惧。唐太宗虽然有时候在背地里表现出厌烦魏征的样子，多数情况下还是能够优容于他并且采纳谏议。这种君臣之间以诚相待、坦率交换意见的场面，通常用"君明臣直""君臣相得"来形容，这是贞观时期的政治特色。这样的政治生态中，魏征无疑表现得最为突出，可以说，他就是"贞观故事"的一个象征。

魏征的地位，在唐太宗一朝曾有明确的认定。贞观初，朝廷对于治国方略有过一场争论，太宗最后接受了魏征行"王道"的主张。魏征所谓的"王道"，就是以道德、仁义治国，这种强调王道教化的政治理念本就是儒家的传统，魏征的论调并无多少新奇之处，却正符合唐初抚民以静、无为而治的现实，在当时收到了很好的效果，经过几年的努力，大唐的国力蒸蒸日上。所以，当突厥破灭之后，太宗曾当面对群臣肯定魏征的功劳。贞观十一年（公元637年）以后，太宗功业既成，王道政治渐渐松懈，以至于魏征接连上疏，重提礼义治国，言辞甚为激烈，但太宗优容之，从未抹杀魏征的功绩。贞观十二年（公元638年），太宗宴请群臣，再次提到魏征的功劳："贞观以前，从我平定天下，周旋艰险，玄龄之功无所与让。贞观之后，尽心于我，献纳忠说，安国利人，成我今日功业，为天下所称者，惟魏征而已。"此举显示出唐太宗着意将贞观时期魏征的历史地位超拔于众人之上。

贞观十六年（**公元 642 年**），魏征病重将卒。按照当时的礼制，人死后要停灵于家内寝堂上。然而魏征一生清俭，虽身居高位，却居第简陋，家内竟无正寝。当时，太宗正要在宫内营造一座小殿，听说魏家没有寝堂，就下令用自己营造小殿的木料给魏征建了寝堂。贞观十七年（**公元 643 年**）正月，魏征病逝，太宗亲临恸哭，废朝五日，本想以最高礼遇安葬魏征，但魏征妻裴氏以魏征遗愿婉拒，最后丧事从简。太宗亲自为魏征神道碑撰写碑文并书丹，代表了官方层面对于魏征一生功绩的盖棺定论。出殡之日，太宗登苑西楼，临路哭祭，太子奉诏致祭，百官送出郊外。这可看作是君臣相得的最后一幕了。

魏征身后的落寞

魏征卒后，唐太宗以镜子来比喻他的作用，这早已是我们耳熟能详的典故了。然而，如果就此认为魏征的历史地位铁板钉钉，那就与事实不符了。

魏征去世的贞观十七年，正是太子李承乾与魏王李泰为皇位争得不可开交之时，李承乾后因谋反案获罪，属于太子集团的杜正伦被流放，侯君集被杀，这两人都是魏征推荐的，当时就有人跳出来说，魏征结党，这触动了太宗敏感的神经，他对魏征的信任因此受到强烈冲击。之前，太宗将女儿衡山公主下嫁魏征嫡子魏叔玉，适逢魏征去世，婚事不得不延缓，但此时情势已经逆转，就在魏征卒后六个月，太宗不但手诏废除了联姻，还下令将魏征神道碑仆倒。如前所述，神道碑是官方对于大臣一生功绩的盖棺定论，魏征神道碑由太宗亲自撰文并书丹，碑石刻完后，停于宫城北门，当时长安的公卿士庶纷纷前往临摹观看，每日都有数千人，可以想见当时此碑之被推崇及碑文流行之广。

太宗这一次仆碑，既是对魏征的否定，也无异于自我否定，这表明君臣相知的神话已然破灭。贞观十八年十月至十九年九月，太宗发动了对高丽的战争，结果无功而返。当他途经昭陵，遥望魏征墓时，追思起魏征的犯颜直谏，感慨如果魏征还在，必定会劝阻这次辽东之役的。于是太宗慰劳魏征妻儿，派人祭奠魏征墓，把之前仆倒的神道碑重新立起来。不过，我们在今天的史料中已经看不到魏征神道碑文的只言片语，碑依旧躺在昭陵魏征墓前，但碑上的文字早就磨泐得无法辨识了，这不得不让我们对太宗与魏征君臣关系的修复产生怀疑。

贞观二十三年（公元 649 年）五月，太宗薨，九月二十四日的敕书中指定的配享功臣名单里没有魏征，这是耐人寻味的。在传统观念里，大臣死后能否得以配享先帝太庙，这是判定此人生前功绩及与先帝关系的最重要风向标，魏征不在其列，说明太宗对于魏征的心结并未完全打开。

到了唐中宗神龙二年（公元 706 年）闰二月十五日的敕书中，才规定魏征配享太宗庙。当时，中宗刚刚复唐不久，需要一些拨乱反正的措施来收揽人心，对前代功臣的尊崇是重要举措之一，魏征正好赶上了这个契机。

至唐玄宗开元中，魏家寝堂遭受火灾，魏征子孙哭三日，玄宗特令百官赴吊。此举未有先例，自然不同寻常。神龙反正以后，中宗、睿宗下敕要"一依贞观故事"，但政治上的混乱局面仍然在继续，不少大臣也援引"贞观故事"批评时政，可见"贞观故事"对于朝野来说都具有很大的号召力，也成为共享的一种资源。玄宗即位之初，也制定了"依贞观故事"的基本方针，他同样需要切实的措施来落实这一政策，而非仅仅停留在敕书文字上。如上所述，魏家寝堂是太宗用宫中殿材特为魏征修建的，属于特殊恩典，它绝不仅仅只是一座寝堂，更是一座贞观时代君臣关系的"纪念碑"。所以玄宗令百官赴吊，意在昭示天下自己追慕太宗、尊崇功臣，复贞观故事的决心。不过，此举带来的效应可能只是一种象征意义，位于长安皇城东面永兴坊的魏征宅因此短暂地博得了世人的眼球，很快便又沉寂下去了。

魏征后裔的沉浮

魏征卒后的落寞无疑影响到了整个家族，在魏征神道碑被仆倒时，就有人预言"其家衰矣"。

魏征有四子：叔玉、叔琬、叔璘、叔瑜。嫡长子叔玉袭爵郑国公，卒官光禄少卿，赠卫尉卿。叔玉嫡子魏膺，官秘书丞，神龙初袭封郑国公。另有一子魏载，官至怀州司兵参军，后因可能参与了唐宗室反对武则天的起兵，被流死岭南。长房一直居于长安魏征老宅，魏膺以后子孙生活贫困，连日常的祖先祭祀都无法维持，到魏征玄孙魏稠时，不得不把老宅质卖，子孙流散。

次子叔琬是书法家，官至国子司业。叔琬有子名魏殷，官至蔡州汝阳令，赠颍州刺史。这一支迁居洛阳。

三子叔璘官至礼部侍郎，武则天时为酷吏所杀，后裔湮没无闻。

幼子叔瑜卒于豫州刺史任上。他在书法史上很有地位，史书上说他"善于草隶，妙绝时人，以笔意传次子华及甥河东薛稷，世称前有虞、褚，后有薛、魏"。叔瑜有子二人：魏献、魏华。魏献事迹无考。魏华以书法知名于世，官至太子左庶子，封爵武阳县开国男，开元十年卒葬于洛阳，说明这一支也迁居洛阳了。魏华有子七人，其中有名魏瞻者，官至驾部郎中。

总的来说，魏征子辈活动于高宗、武则天时期，担任的多是四品官，只有叔瑜做到了三品官，四兄弟均知名当时，整体上属于唐代的"通贵"一族。第三代主要活动于中宗至玄宗时期，除了魏华官居四品外，其余人都是五品及以下小官，显示家族已逐渐退出"通贵"行列。就家族发展态势而言，嫡裔留居长安奉祀魏征，支裔多迁居洛阳，但大体上没有离开两京这个最核心的地区，这也给魏征后裔借由祖先的名望在仕途上的发展带来便利。

不过，一旦政局变化，聚居两京者同样首当其冲。安史之乱中，来不及逃走的皇亲贵戚、勋旧子孙出仕安禄山政权的大有人在，叔琬的孙子魏系因是魏征之后，当时也被胁迫，但他托病躲过一劫，保留了底色。他一生历大理评事、大理司直、邓州南阳令、襄州襄阳令，晚年才当上河南府伊阙县令这样的六品官。对此，为魏系撰写墓志的张茛极为不满，他说："皇唐历祚九叶，仅百七十年，虽神祇历数之运，保在天命，而深源固本之道，动自文贞。纵子孙之龊龊常才，尚宜赏延邑食，世世无绝，况贞固弘朗之器，而不及大位者乎？为后之□国者，旷是大体也，为文贞谦让之德，而授之子孙欤！""文贞"是魏征的谥号，张莒对魏征的功绩给予了超乎寻常的肯定，认为李唐之所以能保有天下，除了天命外，"深源固本之道，动自文贞"，这是高宗以后从未有过的评价高度。然而，这样的评价仅仅是一个前乡贡进士在撰写墓志时的愤慨之语，或者也正是魏征后裔们的不满，因为官方层面对于魏征并没有多少实质性的尊崇举动。魏征的政治遗产越来越受统治核心层的冷落，与贞观十七年之前相比，不啻天壤之别，其后裔也只是以普通的先朝宰臣子孙的身份在宦海中浮沉，并无太多的优待之处。

既然不能借助祖先的名望，就只能在仕途上另觅途径了。魏征家族中有魏崇信一支，不清楚是魏征四子中的哪一支。魏崇信是魏征孙子，官至左赞善大夫，五品官；崇信子魏万，历官昭义军节度副使、尚书刑部员外郎、大理少卿、御史中丞，其中大理少卿是四品，御史中丞是五品。魏万子魏丹，官守博州长史兼侍御史，也是五品官。魏丹子魏湘卒官相州长史摄博州司马，亦是从五品。可以看到，这一支自魏崇信以下四代，均官居五品以上，虽未进入三品行列，但能够保有"通贵"的身份一百多年，也是十分不容易的了。值得注意的是，魏湘父子两代都是魏博节度使的文僚，他们婚姻的对象也都是魏博节度使的僚属。中唐以后入幕之风盛行，但河北藩镇与中央朝廷的对抗使得入幕文人大多前途黯淡，唐宪宗以后入幕河北藩镇的士人极为有限。魏万官至御史中丞，职位不低，他生活的年代又正好赶上魏征历史地位快速抬升的好时机，常理上仕途不会太难，但不知何故，他却远走河朔，最终魏丹父子完全在地化了。有意思的是，魏丹父子死后都埋葬在相州安阳县，距离魏家祖茔魏州临黄县直线距离是 87 公里。祖茔埋葬的是魏征之父魏长贤，魏征与家乡的联系极少，卒后又是陪葬昭陵，魏万一系入幕魏博，这样的选择在某种程度上与"魏征"所代表的忠直价值观相违背，他们没有归葬长安，而是选择在临黄故里附近落户，或许正是这种矛盾心态下一种两全的选择吧。

魏暮中兴

魏征历史地位的快速抬升出现在安史之乱以后。当时有一股潮流，认为玄宗时代科举考试重诗辞，导致儒家的礼义不行，在面对叛军时，忠义之士太少，以至于叛军能够长驱直入长安。所以乱后重建社会秩序，一个重要方面就是要加强教化，崇尚实学。这种对于仁义、礼让、德业的推崇，其实是对儒家传统道德的回归，而此时所处大乱之后民生凋敝、百废待兴的社会现实，与唐初又颇有几分相似。在这样的历史背景下，魏征所倡导的"王道政治"又重新彰显出历史价值，"贞观故事"对于凝聚民心、重塑李唐正统的作用也日益凸显。

唐德宗是安史之乱后颇有作为的一任皇帝，他即位之初，胸怀大志，一副振兴的气象，重擎贞观旗帜亦是凝聚人心的有效手段。建中元年（公元780年）十二月，朝廷检勘武德以来实封陪葬配飨功臣们名迹崇高者，魏征居宰臣一等第五位，这是高宗以后官方首次明确给予的定位。"魏征"的名字开始频频出现在当时君臣的奏表、论赞、箴铭中，如德宗《君臣箴》里说："在昔稷、契，实匡舜、禹；近兹魏征，佑我文祖，君臣协德，混一区宇。"对李唐王室有再造之功的李晟也说过："魏征能直言极谏，致太宗于尧、舜之上，真忠臣也，仆所慕之。"我们细审君臣的这些评价，可以发现，后人更多的是记住了这位铮铮谏臣的忠直及其与太宗之间无隙的君臣关系，也就是说，太宗与魏征间的"君明臣直"成了一种政治符号，是当时可资利用的政治资源。

魏征的历史价值重获统治集团的重视，到唐宪宗时有增无减。魏征老宅被质卖后，又经几次转卖，析为九家。元和四年（公元 809 年），淄青节度使李师道上疏，愿意出钱赎魏征老宅，还其子孙。此举遭到白居易的反对，他的理由有两点。第一，魏征尽忠辅佐太宗，优恤其子孙，本是朝廷之事，李师道此举有僭越之嫌；第二，魏征老宅内有太宗特赐建的寝堂，事关皇家恩典，尤不能假手臣下。宪宗这才恍然大悟，由官方出资将故宅赎回，赐还魏征后裔，禁止质卖。可见，由于有了太宗"殊恩"这一重光环，魏征与其故宅其实已经融为一体，官赎故宅赐还子孙，这是"事关激劝""以劝忠臣"的大事。第二年，进士科考试以"恩赐魏文贞公诸孙旧第以导直臣"作为诗题，这自然会左右当时的士风。如陈彦博赞颂魏征诗云："生前由直道，殁后振芳尘。雨露新恩日，芝兰旧里春。勋庸留十代，光彩映诸邻。"裴大昌诗云："必使千年后，长书竹帛名。"吕温《凌烟阁勋臣颂》里颂扬魏征"公以其心，匡饬圣唐。为唐宗臣，致唐无疆。致唐无疆，永式万邦"。这显示了德宗以降，重建秩序、中兴大唐成为王朝共识的大背景下，魏征的历史价值再度获得了统治核心层的认可。

魏征历史地位的重新提升，给其后裔们带来了命运的转机。除了重回故宅居住外，他们在仕途上也有了明显起色，如唐敬宗宝历元年（公元825年）正月，魏征五世嫡孙魏犄授湖州司马；唐文宗大和二年（公元828年）十月，魏征四世孙魏可则授南阳县尉。这都属于额外恩典，没有走正常的晋升程序。在中晚唐诸帝中，唐文宗对魏征最为尊崇，这为魏氏中兴创造了机会。大和七年（公元833年），魏征五世孙魏暮中进士，成为同州刺史杨汝士的僚佐。两年后，杨汝士升户部侍郎，当时文宗急切地想复制如太宗与魏征那样的君臣关系，积极寻访魏征之后，杨汝士趁机推荐了魏暮。这一年十月，魏暮被提拔为右拾遗，并很快展现出不畏权贵、敢于进谏的个性。文宗甚至对宰臣说："昔太宗皇帝得魏征，裨补阙失，弼成圣政。我得魏暮，于疑似之间，必能极谏。不敢希贞观之政，庶几处无过之地矣。"皇帝将自己得魏暮比于太宗得魏征，受此鼓励，魏暮忠实地履行着进谏的职责，两三年间即从右补阙升到了谏议大夫，连升了十三级，大大超出常规的升迁年限。唐文宗去世后，魏暮因受牛李党争牵连，被唐武宗贬为信州长史。唐宣宗即位后，魏暮回到了阔别已久的长安，很快便迁御史中丞，又兼户部侍郎。大中五年（公元 851 年）他备位宰相。唐宣宗经常说："魏暮绰有祖风，名公子孙，我心更重之。"可知其之所以重用魏暮，和魏征有很大关系。

魏暮一朝荣登相位，立即开始修缮家庙，这是重塑家族形象、振聩家声的重要举措。留存至今的《魏公先庙碑》详细记载了这一过程。据碑文记载，魏征生前曾在长安昌乐坊建有家庙，后来嫡裔子孙不能奉祀，家庙遂破败。魏暮入相后，重新修葺了家庙，除了祭祀魏征外，还祭祀他自己的父、祖、曾祖三代。按照礼制，只有嫡裔才能直接祭祀魏征，其余各房只能是陪祀，换句话说，魏謩其实并没有权力直接祭祀魏征。但当时的情况是，在得到唐宣宗的首肯和支持下，魏謩凭借官位，事实上抢夺了嫡裔的地位。这一次魏氏中兴，其实意味着家族内部权力格局的重新配置，原本属于支裔的魏謩一系，借由官位的显赫完成了"夺宗"的过程，成为魏氏大宗。

魏征的历史遗产

"贞观之治"作为政治清明、君臣关系融洽的典范，一直以来都受到历代统治者的尊崇，除了唐太宗以民为本、克己纳谏外，自然少不了魏征的功绩。魏征留给后裔的历史遗产主要是两个方面。第一，是他忠直极谏的臣子本色，这是他在唐初特殊的政治环境下安身立命的根本，也是彰显其价值的最有力方式。第二，是魏家寝堂，这是太宗与魏征君臣关系的"纪念碑"，具有强烈的象征意味。后者本质上是植根于前者的，是前者的外在表现。

　　与唐初功臣集团中长孙无忌、房玄龄、杜如晦等讲求实效的政治家不同，魏征主要是作为一名谏臣而存在的。随着时光的流逝，房、杜等人的事功逐渐淡去，魏征"谏臣"的形象则因完全符合儒家的道德观念而凸显出来，他受到了士人阶层的盛赞，并成为"贞观故事"中极其重要的内容。从中宗到玄宗开元前期，由于"贞观故事"成为朝野共享的一种重要政治资源，官方开始主动提升魏征的历史地位。此时，统治者对魏征的理解基本集中在"忠直"上，认为臣下敢于进谏、皇帝勇于纳谏，这就算是恢复"贞观故事"了，也就是说，"贞观故事"已经变成了一种符号，与此相适应，魏征也被符号化了。这势必造成一种可以预见的后果：一旦皇帝对"贞观故事"不再感兴趣，官方对于魏征历史地位的评价自然会下降。开元中期至德宗即位前，魏征就处于这样的境遇。德宗以后，由于局势的变化，魏征的历史价值再次凸显出来，"君明臣直"进一步被符号化。随着宪宗、文宗、宣宗几任皇帝孜孜于恢复贞观、开元之盛，魏征具有"匡君之大德"，其"致唐无疆"的历史地位也被推向高峰。此时，其五世孙魏暮的出现恰好迎合了皇帝翘首企盼新时期"魏征"的心理，由此带来了魏氏家族的中兴。

隋唐之世，随着门阀势力的逐渐萎缩，当朝官品成为家族繁盛的最重要保障，然能跻身高位者，借由事功、军功等因素，种种不一，功臣后裔走向衰微本属常态，魏氏家族在唐前期的发展状况亦印证了这一点。然而，其家族的兴衰又天然地与先祖魏征密不可分，究其根源乃在于"魏征"在后来被符号化，变成了一种政治资源，这是其家族区别于其他功臣家族的地方。因此，忠直、极谏是魏氏兴衰的关键，从这个意义上讲，魏征其实一直都没有离开过他的子孙们。

耆英的外交绝唱

卜键

　　耆英曾被历史浪潮推上外交舞台，也曾长袖善舞、歌喉婉转，而 1858 年夏在津门后则左支右绌。短短几日间，钦差大臣耆英艰难斡旋，不断遭拒与受辱，以七十一岁高龄镣铐加身，在宗人府引颈自缢，虽说是其个人与家庭的悲剧，亦处处映照出清王朝的衰败与冷酷。

提起耆英，可是个近代史上有名的大反派：作为钦差大臣赴南京与英使璞鼎查谈判，在英舰皋华丽号上签署丧权辱国的《南京条约》；复于两广总督任上签订一系列不平等条约或章程，他与英国公使约定的两年后进广州城一说，又伏下列强借口发动第二次鸦片战争的祸苗。而咸丰帝惶急之际的一个荒唐决策，使得耆英再次出山，主持与四国公使在天津的谈判，是那段暗黑岁月的一个小插曲。

"弱国无公义，弱国无外交"，这出于民国间一位外交官之口，满含亲历者的痛切感受，也不无愤激委屈与偏执。大国之弱，最能招来觊觎者的飞扑撕咬，还要承受国内上下四方的压力，对主谈者的品格才智要求更高，一味强硬会决裂挨打，全盘接受必然招来骂名。耆英曾被历史浪潮推上外交舞台，也曾长袖善舞、歌喉婉转，而 1858 年夏在津门后则左支右绌。短短几日间，钦差大臣耆英艰难斡旋，不断遭拒与受辱，以七十一岁高龄镣铐加身，在宗人府引颈自缢，虽说是其个人与家庭的悲剧，亦处处映照出清王朝的衰败与冷酷。

港督宴会上的歌者

《清史稿》有《宗室耆英传》。宗室，此处指大清皇室，标志着一种显赫出身。耆英的六世祖穆尔哈齐为清太祖同父异母之弟，创业初期与兄长并肩血战，功勋卓著。数传而至其父禄康，官至内阁大学士，管理吏部，兼任步军统领，几乎像乾隆晚年的和珅一样受宠，却颇有几分糊涂，就连府里轿夫赌博都管不住，受牵连降为副都统。嘉庆帝显然待之甚好，一年后又升其为都统。作为长子的耆英未受影响，三十几岁便成为副都统、内阁学士、护军统领，俨然一颗政坛新星。

关于耆英的记述不多，大致可知他是一个高大英俊、放旷豪爽、精强明练的人。嘉道间满人多耽于嬉玩，做皇帝的心中忧急，不断发出训喻，提倡族人尤其是皇族要讲"体面"。耆英就是一个"体面人",以故在仕途上一路飞升,历任礼、工、户部尚书、步军统领。步军统领全称"提督九门步军巡捕五营统领",俗呼"九门提督",负责京师警卫与治安,非最得信任的贵胄大员不得简任。孰知他与父亲一样,又栽在赌博上——受命审办一帮太监的赌案,因"瞻徇释放"被降职。耆英被贬为兵部侍郎,不久升热河都统,再升盛京将军。时值朝廷严禁鸦片,东北旗民中也出现贩食之人,耆英下令十家联保,并在旅顺口、锦州、山海关各处海口设防,保持高度戒备。鸦片战争爆发,林则徐、琦善先后解任,调耆英为广州将军,不久又颁给钦差大臣印信。此前已派出两位宗室大将军:先命奕山为靖逆将军,督师广东;数月后命奕经为扬威将军,统兵浙江。两位天潢贵胄离京时皆信心满满,抵达战场始知外敌之凶横,一变为畏怯。耆英赴任时主战场已转移到浙江沿海,受命留驻御敌。情势危急,定海、宁波、乍浦接连陷落,而奕经仍设法瞒骗朝廷。耆英目睹实况,也听取了与英人打过交道的伊里布的意见,在密奏中力主议和。接下来的情势更严酷:道光二十二年(1842)六月,号称天堑的吴淞口东西炮台被摧毁，江南提督陈化成英勇战死，素来高喊忠君爱国的两江总督牛鉴则狼狈逃跑；七月，英军攻入镇江城，满洲副都统海龄阖家死难；八月初，英舰进逼南京，并派人登陆测量，摆出一副攻城架势。耆英受命赶到南京主持议和，《清宣宗实录》卷三七八有一段君臣的隔空对话，耆英奏称："此次酌办夷务，势出万难，策居最下，但计事之利害，不顾理之是非。"道光帝御批："览奏忿懑之至！朕惟自恨自愧，何致事机一至于此？于万无可奈之中，不能不勉允所请者。"耆英并非想不到国人对和谈的反憎，心事沉重，而皇上则把主要责任揽下。

签约之后，耆英留任两江总督，先是说好说歹，让英舰尽快退出长江，并劝回闻风而来的法国舰只，接下来办理善后和整顿军队，重订水师章程，提出水兵以"熟习大炮乌枪为要务"，一扫旧日考试弓马的陋习。他从失败中汲取教训，对炮台、炮架、水师舰船进行改革，并加大铸造火炮和抬枪、鸟枪的力度。这些举措仍有许多不切实用之处，但姿态是积极的，其"训练士卒，讲明纪律"的思路也是对的。

道光二十三年（1843）三月，耆英奉旨作为钦差大臣前往广州，于五月二十六日轻装简从，乘坐英方火轮船至香港，与港督璞鼎查商酌"通商章程及输税事例"。协商顺利，两人也成为好友，璞氏送给耆英不少洋玩意，其中有一批精致枪支，耆英转呈皇上，认为可以仿制。道光帝亲加检验，称赞"绝顶奇妙之品""灵捷之至"，复感慨："卿云'仿造'二字，朕知其必成望洋之叹也！"时魏源《海国图志》尚未出版，"师夷长技以制夷"之说传播未远，耆英已有了同样的思考并试着付诸实践。

回任南京，耆英愈加关注水师的训练，却在三个月后改调两广总督。两江总督虽是要缺，可广州事关各省通商善后事宜，实在是太需要他了，皇上掂量一下还是将之调去，颁给钦差大臣旗牌印信，不久又加了个内阁协办大学士头衔。外国人对他也有很高评价。作为译员参与南京谈判的巴夏礼写道："我有点喜爱耆英的风度，因为他有着一种雄伟的正派的外貌和愉快亲切的神色。"新到的美国公使顾盛接受了耆英的劝告，不再坚持率舰队北上，还赞誉他"高贵、聪明而真挚"。而耆英抵广后也是狠抓战备，选拔和保举将领，加固炮台与强化演练，铸炮造枪，甚至要求满营马队练习射击。

此时港督正办交接，奉调回国的璞鼎查向他介绍了继任者德庇时，一个出色的汉学家。德庇时为耆英驾临香港举行了盛大的欢迎宴会，英国记者发现他完全不像一般清朝官员那样麻木愚钝，表现得"和蔼可亲，富有幽默感，高超的外交技巧与良好的教养……在宴会上谈笑风生，但又极有分寸"。耆英还"主动唱了一首充满激情的满文歌曲"，令在座者深受感染。德庇时曾作为译员随阿美士德使团进京，深知大清高官是多么傲慢粗俗，而眼前的老耆乃正一品宗室大员，真的太不一样了。耆英在次日设宴答谢，再次引吭高歌，在他的力邀下，德庇时与驻港英军司令、大法官等人"也都表演了歌唱"，气氛极为欢洽。正是在这次访问期间，英国人（尽管不太情愿）归还了一直强占的舟山。

就这样，耆英成了一个中外知名的人物。还有一个与他相关的故事：因缔约获益的英国商人为表达对耆英的感戴之情，不知通过什么渠道搞到一艘中国平底帆船（一说是大清水师的舰只），命名为"耆英号"，雇用一批中国水手驶往美欧，在纽约和伦敦都引发巨大轰动，就连英国女王也登船参观。

"先帝奖励有为有守；今上申斥无才无能"

友好坦率的沟通对外交是有益的，但想以私人感情改变殖民者的侵略行径，则属于一厢情愿。香港会晤后不久，英人引据各条约与章程，提出进入广州城的要求，靠着老耆一通劝说，得以暂缓。过了一年，英舰突入内河，直接开至城外的十三行停泊。虽说是很快撤回，也让耆英心惊。自此英舰来来往往，清军试图阻拦，根本拦不住。更丢脸的事情发生了：三艘英军火轮船驶入虎门海口，逼近上下横档炮台和镇远炮台，各台守军连忙关闭大门，英军乘划艇登岸，竖起竹梯爬上炮台，将炮眼一一钉塞，然后扬长而去。老耆不敢向英方抗议，在奏报中自请处分，并说已将充塞物拔出，不影响火炮点放。后来他又密奏，英军见各炮台加强演练，故意损坏炮口，意图让那些熟练官兵受罚离开，换上一批生手，建议朝廷不要中敌人的诡计。这样的解释真是匪夷所思，皇上也觉难以置信，警告几句也就了事。

道光二十七年（1847）岁末，耆英奉旨返京，赏双眼花翎，半年后擢升文渊阁大学士，与掌领枢阁的穆彰阿关系密切，混得风生水起。那是老耆的人生顶峰，皇上夸他在总督任内一切都料理得当，钦赐"有胆有识""有守有为"二匾，荣宠为一时之冠。孰料道光帝突然病逝，一朝天子一朝臣，耆英情知咸丰帝奕詝对自己印象不佳，多次请辞。可看到新帝下诏求言，这位叔辈宗室大臣可能是觉得帝师杜受田太过迂腐，生怕他带歪了年轻的奕詝，忍不住发表一通宏论："实心任事者，虽小人当保全；不肯任怨者，虽君子当委置。"所谓君子小人的区分甚难，但这种言论显然不妥。御批"持论过偏，显违古训，流弊曷可胜言"，予以申斥。

奕詝为皇子时，对主和的内阁首辅穆彰阿与议和的耆英等人很憎恨，一登基，即起用林则徐，并对把持枢阁的穆、耆二人频频敲打。当年十月，下旨将二人逐出权力中枢，穆彰阿革职，耆英降为五品顶戴，可谓"断崖式"降级，而且没有实职。差不多过了三年，耆英算是补了份差事，"在巡防处效力"。而其长子马兰镇总兵庆锡因事革职，流放黑龙江，违规自备马队，耆英也因知情不举，被革职圈禁半年，即拘禁于宗人府高墙内，不予枷号，算是一种优待。

这样的人生落差，使老耆难免有怨愤情绪。据崇彝《道咸以来朝野杂记》："耆平日实有自取之咎，因宣宗朝曾奖耆'有守有为'之语，于是耆相大书一联悬之客厅，云：先皇奖励有为有守；今上申斥无才无能。此罢官时考语，故意令人见之。"清代野史中常可见此类生动记述，事件的逻辑与因果关系似乎合理，但可信度不高。讥讪君上属于大罪，耆英岂敢！核查当日原谕，咸丰帝斥责耆英"无耻丧良""畏葸无能"，与穆彰阿"同恶相济"，措辞更重一些，却没有"无才无能"四字。

"办理夷务黄箱"被掠

耆英离任回京之前，广州的局势已然严峻：英人因入城屡次被拒，以各种招数显示肌肉，不断挑衅滋事；而面对英人的骚扰欺凌，城乡的士绅百姓益发难以忍耐，一呼百应，群起抗争，不光坚决不许英人进入广州城，甚至见到落单或少数洋人就想动手。《南京条约》第一条的确写着允许英人在通商口岸设立领馆、货栈，并携带家眷居住，总督大人很为难，但也拣到了一张"民意牌"——不是本督不愿意，是老百姓起来反对，众怒难犯，就请稍微等等吧。

就在这时，广州郊区发生了"黄竹歧事件"，据耆英奏折，大致情节为：六名英人驾船至城西集镇黄竹歧游逛，与村民发生冲突，掏枪打死打伤村民各一名，被愤怒的当地人包围痛殴，将六人全都打死，抛尸河中。他们是在十三行做生意的商人，家属得知后立刻要去报复，外国商人看到找回的几具尸体，也纷纷凑集军费，以求一逞。德庇时率军舰驶至广州城外，要求抓捕杀人凶犯，审明后押至黄竹歧，在英人监视下正法，并声称"将黄竹歧及毗连之滘表、坑滘二村洗平"。言词之凶横残暴，已见不出那个翻译中国诗词的汉学家的影子。为了息事宁人，耆英命属下抓捕了十五人，将带头的四人处以死刑，其余的发配远地。德庇时坚称必须将十五人全部处死，并将三村夷平，"否则自行前往办理"。耆英见光说好听的不行，遂强硬驳斥，"力折其骄盈之气"。

这是他在密奏时写的，具体情形如何，无从验证。此举为耆英招致诛杀同胞以媚敌的骂名，使他的威望一落千丈。

耆英回京后，德庇时很快也去职回国，接替的是文翰，曾被英国外交大臣巴麦尊讥为天生胆小，做不了什么大事。文翰几次重提入城之事，也采取了一些行动，都被继任两广总督的徐广缙巧妙化解。徐总督和新任巡抚叶名琛都是坚定的反入城派，甚至接奉谕旨允许英人入城一游（没准是老耆的主意），仍强烈反对，指出一堆危害性，就中不乏虚构和渲染。这是两个廉正且勇于任事的官员，但昧于国际大势和对强敌的了解，缺乏平等外交的意识，"方向不明决心大"，一步步将事态挽成死结。二人的招数还是民意，声称广东民风彪悍，各村社都已准备好与来敌死磕，也命士绅联名向港督发出《广东绅士劝导文翰公启》，总之是誓死不许洋人入城。文翰斟酌再三，为避免贸易受损，在十三行等处贴出告示，表示暂不入城。徐广缙飞奏朝廷，认为问题已经解决，请求皇上奖励属下各官，道光帝大喜过望，即予表彰并赐与二人爵位。

其实文翰并未放弃入城之念，英国政府也不断给他施压，遂于 1850 年六月乘舰亲至上海，声称转递外交大臣的函件和自己致耆英的信，又派舰只直趋天津海口递信，要求必须履行入城之约。耆英虽明显不受新帝待见，仍建议"应请体察时势，非计出万全，似未可轻动"。据徐广缙奏报，送信的火轮船曾在大沽口外拦江沙搁浅，"坏去右轮，船主威巴索银修补"，还说文翰等人得知"天津口内藏兵二万，乃中国最厉害之兵"，为之气馁。都是皇上爱听的消息。不过经此一番折腾，文翰不再提进城之事，直到灰头土脸地离任。

第四任港督是原广州领事包令。他的政治野心与语言天赋都非同凡响，号称能懂百余种语言，也是一个汉学家，会说广东话。包令对林则徐极为敬佩，称之为"中国爱国志士的骄傲""万圣之圣"，却也丝毫不影响其殖民主义立场。他在履职后立刻约见两广总督叶名琛，叶督表示愿意在城外任何地点会晤，就是不得入城。包令即联络美国公使麦莲驱舰北上，法国公使也派出秘书哥士耆随往，停泊在白河口外，声言要进京谈判。清朝派盐政崇纶等在大沽口炮台下设帐会晤，包令提出十八条诉求，包括使臣驻扎京津、修约、准许鸦片进口，其中第十五条就是"准英人进入粤东省垣"，等了几日，自然是大部分被驳，三国来使无奈返航，已心生动武之念。

咸丰六年（1858）九月，英军借口"亚罗号"事件，悍然派舰队突入内河，占据炮台，不断轰击广州城。城墙被轰出一个缺口，一百多敌兵蜂拥而入，不见清军阻击，顿觉胆壮，也有三五人闯进空荡荡的督署转了一圈，随即撤出。英军此次入侵仍带有震慑性质，并未占领广州城，在城郊炮台盘踞数月，也就撤离内河。其间叶督悬赏杀敌，清军也策动过几次并不成功的反击，却成为向皇上奏报击退英军的依据。

岂知英国正在调兵遣将，还拉上法国和美国，大批炮舰兵船陆续开到，一年后再次轰击和攻入广州城。叶名琛依然镇定无畏，炮火中端坐署衙，老父与眷属都不撤离。而这次英人不再是"到此一游"，叶督在跳墙时被抱住抬到英舰上，广州将军、广东巡抚、都统等大员一一被活捉。这些高官不仅不作抵抗，束手就擒，就连档案和库银也不知提前妥善转移。在人去院空的督抚等衙署，英军抄获了大量机密文件，其中就包括"办理夷务黄箱"。

清朝体制，凡与外国贸易通商事宜，一律在广东办理，以两广总督兼管通商事务，也是外使巴巴地赶到津门，总被告知返回广东协商的原因。历任两广总督将有关文件和密奏副本分类保存，形成一整套办理夷务专档，至于是否因有皇上谕旨而用黄色木箱，是一个箱子还是多个，皆不得其详。当情势危急之时，南海知县华廷杰奔往督署，"辕门内不见一人，冒烟入，见一家丁李姓名善者，询以叶相何在？引至花厅，见叶相袍矜上挽，独在此寻检紧要文件"，无法确定哪些属于叶名琛要找的紧要文件，不知是否包括"办理夷务黄箱"，也不知他在匆忙转移时带没带走黄箱，可知的是英军很轻易地就拿到手了。两年后英法联军攻入圆明园，数十年后俄军攻占齐齐哈尔，也是没有妥善转移或销毁档案，多数为侵略者掠去。

在天津谈判中，这个"办理夷务黄箱"，可要了耆英的老命（虽不能说一定是起到关键作用）。

起用于危难之局

1858 年五月二十日上午十时，英法联军八艘战舰驶入大沽口，与已在口内的炮舰会合，分别冲向两岸炮台。清军立即射出排炮，由于炮架固定，难以随机调整炮口，况且每发射一次，都需要有好几分钟的间歇才能发射，给敌人留下可乘之机，但将士们打得很英勇，在敌舰的密集炮火中坚持回击。德巴赞古《远征中国和交趾支那》写道："炮架被打坏了，许多大炮也就倒在地上，或炮口都给炸碎，这样就全都不能使用了。然而中国人却还没有放弃自己的阵地，继续奔向那些还没有被打坏的大炮，他们的炮手一个接着一个地被我们灵活的射手所击中，然而却立即就有人替补。"北岸炮台先被攻占，由火器营防守的南岸炮台坚持稍久些，也落入敌手。后路蒙古骑兵正欲冲锋，遭到敌军的密集射击，只得退回。带头逃命的是总兵和副将，而前线败溃，后路各军跟着败溃，钦差大臣们无一向前，都是管自奔逃。直隶总督谭廷襄出身翰林，号称能吏，面对狂奔而来的败兵，力斩数人亦未能制止，自己也被裹挟着一退再退。

五月二十六日，英法联军已推进至天津近郊，占据望海楼一带，京津一片惊恐。战，苦心经营的炮台群只支撑了两个多小时，八千精锐一击而溃，再战更无底气；防，强敌距北京仅两百余里，途中无险可守；优先的选项是讲和，可数月以来一直把和谈放在前头，无奈英使额尔金要价太高，动不动就嚣要去京师。既然打不过，再难谈也得谈。二十八日，内阁大学士桂良、吏部尚书花沙纳受命前往天津，二人决定分别会见四国使节，但把英国排在第一个，于是就有了海光寺的一幕：额尔金乘八抬大轿，军乐前导，三百卫队持枪跟随，来到后旁若无人，拿出女王签发的烫金国书，见桂良等人所持谕旨仅"白折一开，楷字数行"，即行变脸，嚷嚷一通拂袖而去。接下来法美俄三使来见，"猖獗情形，大略相同"。桂良乃奕訢的老丈人，历任多地督抚至阁老，却不得进入军机处，乃决策圈外之人，被派议和也是个受苦的差事，只得忍气周旋。

咸丰帝也对桂、花二位缺少信心。担任巡防大臣的惠亲王绵愉提议起用耆英，利用他的影响力和经验主持和议，一众军机大臣都积极附议。谭廷襄在密折奏报：英使听说朝廷要派桂、花前来，明确表示必须像前大学士耆英那样，有"全权便宜行事"衔名，可以做出决定，否则还是要进京，而且是走陆路，"若无人强阻，不敢多事；倘有人强阻，亦必抵御"。

类似的话，额尔金在抵达之初就说过，要求查验主谈大臣所奉谕旨，看看是否与耆英在广东时"奉旨从权便宜行事"相同，谭廷襄也已奏报皇上。那时君臣都不识外敌之悍恶，嗤之以鼻。而额尔金发来正式照会，其中有"检查前于壬寅年成皇帝特派耆、伊两大臣，与我钦差全权大臣璞面决彼此未妥各款，专办善定"，坚称清方大员的授权必须"同前大臣耆、伊相匹"。法使葛罗也在照会中说"查道光二十二年、二十四年间，前钦差大臣耆、伊办理外国事务，业已奉到便宜行事之权"，要求谭廷襄奏明朝廷，在六日内补办手续，"与前钦差大臣无异"。这些言之凿凿的材料，显然来自"办理夷务黄箱"，清廷读后应有些懵圈，但还是一拒了之。

炮台失陷与精兵溃散，令清朝君臣清醒了不少，于是有了惠亲王等人的提议。咸丰帝也放下那一脸的嫌弃，秘密召见耆英，问询之际印象不错，即委任他以侍郎衔前往参与谈判，随后又传谕"所有议抚事宜，专归耆英办理"，"所有文武委员，即著于直隶地方营汛内调派委用"。即由耆英主谈，不光直督谭廷襄等靠边站，桂、花二钦差也排到后面去了。而耆英倒没有把话说满，召对时表示"力任其难，看奴才造化若何"，意思为：我来试试吧。

起用耆英，京师顿时出现质疑之声——让一个老投降派去主持谈判，合适吗？恭亲王奕訢要求耆英在会见时，必须严厉叱责英法的侵略行径，"先折其气，而后俯顺其情，不可一味示弱，致蹈从前覆辙"。皇帝哥哥深以为然，立刻追发一道谕旨，命耆英接见英法公使时，先责其在广州背约兴兵，再痛斥他们在天津先行开炮，闯入内河，然后才是和谈。话虽这么说，皇上也颇能体谅此事艰难，提前设计了一个准驳模式：对各国公使所提的关键条款，命桂、花二人先作反驳；待尔等再提出来，则由耆英批准几项，作为最后决策之人。咸丰帝已把宝押在耆英身上，颁发钦差大臣印信，又补发一旨，告诉他到后亲自接见来使，不必事事与桂良等商量，并表示："何事可行？何事不可行？耆英必有把握，朕亦不为遥制也。"看这份信重依赖，耆英能不感激涕零，肝脑涂地?！

斡旋何艰难

四月二十七日（公历6月8日），耆英抵达天津，若从皇上传谕起复算起，已经是第七日。七十一岁的老耆先是入宫聆听皇上训示，再经过深思熟虑，确定了"以夷制夷"的思路。虽说并非什么新玩意儿，但他与在京的俄罗斯馆一向交往密切，求得大司祭巴拉第一封书信，转托俄国公使普提雅廷为之说项，加以在广东留给英人的美好印象，此行就有了双保险。其实巴拉第早知英人已将黄箱中奏折译出，耆英对朝廷的欺隐造假令英人不齿，文句间对英方的贬损更使他们恼怒，原来的好感早已化为恨意。巴拉第虽说对老耆印象不错，却不漏一丝口风，倒是借机把京师的一些最新情形报告使团。

耆英的到来，在当地引起热烈反响，士民工商"以为必另有办理夷务妙策，群相欣喜"。自次日起，耆英即欲掀起一场外交旋风：请四国公使的助手在风神庙会见，约定分别会晤的日期，并向俄方转交了巴拉第的信。当晚七时，耆英首先与普提雅廷举行会谈，搞得有些诡秘，老普带来一个四五人的谈判班子，老耆则孤身一人，安排一个下属在门口把守着。他请求俄方出面斡旋，劝说英法撤兵，老普明确表示此时已做不到；退而希望得到一些建议，老普倒是很愿意，针对英法的诉求谈了不少，同时催促中俄尽快达成协议。临别时，普提雅廷想了一下，还是提醒耆英"如上英船，必须小心"，老耆不解其意，也没好意思多问。

二十九日，耆英排设仪仗，亲往英法使节下榻的望海楼拜望，未想皆推脱不见，搞得他一头雾水。接下来拜会美国公使，老耆仍显出气势不减，拿出皇帝敕书，要求列卫廉下跪拜受。列卫廉拒绝："不行，我只在上帝面前下跪。"耆英坚持说："但皇上就是上帝。"记录下这段对话的是担任译员的传教士丁韪良——后来做过京师大学堂总教习。清朝档案则记载双方的会谈继续进行，谈得也颇有成效，可是发生了一件事情：老耆认为列卫廉等人不详签约过程，便以原订和约的当事人身份侃侃而谈，岂知列卫廉竟拿出一册《中美望厦条约》原件来，在上面指指画画，加以反驳。耆英很是讶异，拿过来细加检验，赫然是文件正本，忙问他们是怎么弄到手的。列卫廉倒也不加隐瞒，说英国人攻破广州城缴获"办理夷务黄箱"，不但与美国所签条约在内，历年相关的督抚奏折与皇帝批谕，皆为英军所得。

耆英后来居前，主持对外交涉，职位高、到得早的桂良与花沙纳看不出有任何嫌忌与不快——此类和谈最是高危差使，终于来了个顶在前面的，顿觉松了一口气。而老耆生性豪爽，出将入相，至老年遭受一连串严酷打击，名利之心应已挫磨得所剩无多，与桂、花相交很诚恳。于是，津门的谈判三人组关系融洽，互相帮补，共同商酌，本着各个击破的思路，先与俄美两使形成协议草案。他们自知多数条款损害了国家利益，也能预想到事后的责难与惩处，"相对泣于窗下，朝不知夕死"。这句话转引于咸丰帝谕旨，不知哪个悄悄向皇上打了小报告。

五月初一日，英国使团的李泰国、威妥玛来到钦差大臣下榻的海光寺，威逼马上答复英方照会。这是两个

"中国通"，尤以威妥玛精通汉语，甚至做过香港高等法院的广东话翻译。耆英出来与之见面，没想到二人极为无礼，拿出当年档案，指着密奏中"外夷性谲诈""鬼蜮诪张""该夷情等犬羊"等语词，对老耆挖苦嘲笑并声称必将报复。此举不光是要出一口恶气，也是一种谈判策略，告知清廷不要妄图打感情牌，并借以将清廷为数不多的外交熟手排除掉。果然奏效，大约是联想到叶名琛被活捉的前车之鉴，不独耆英沮丧惊恐，桂、花二人也觉得情形叵测。三人商议后，由桂、花的名义奏报皇上，讲述耆英抵津后与各国交涉情形，重点在于英人对耆英的痛恨，请求准许老耆回京。

咸丰帝的批复很快送到，质问耆英为何没有在奏折上列名，命耆英仍留津主持夷务，谕曰："耆英系原定和约之人，于该夷一切情形，素所深悉……现在桂良等虽同是钦差大臣，而于夷情一切，未若耆英熟悉，何以忽有代奏回京之请？"岂知老耆腿脚稍快，谕旨到时已经跑到通州。

最后的苍凉身影

去掉一来一回，耆英实际上在天津只待了五天，不能说没有努力，也不能说一无所为，但落得个灰头土脸。桂、花二人对他的遭遇深为同情，不顾嫌忌，奏请"准耆英进京面陈夷情"，对其突然离去也商量出一套说辞。老耆显然已被英国人吓破了胆，大约是怕像叶名琛那样被押往印度，是以桂、花在五月初二日专折题奏，次日一大早就踏上归程。

英人有扣押这位前总督之心吗？应该没有。他们的拒见与诘问，无非是一种谈判策略，为的是折磨对手，抬高要价。而作为三朝老臣，耆英应知道朝廷的规矩，桂良等人上奏之后，必须等候皇上御批。而咸丰帝的批示三天即到，却是不许他离开。

没见到对老耆离津情形的记述，推想也是容颜萧瑟、背影苍凉。而一旦脱离险境，耆英又会意识到不太妥帖，廾始放慢脚步。初四，他到达杨村，与带兵驻守的直隶提督托明阿讨论战守事宜，也令人送了封信给统率重兵的晚清名将僧格林沁；初五到通州，会见僧格林沁，将津门的敌情详细告知。僧王是一个坚决的主战派，耆英交给他"白火药箭一支，以备照式制造，火攻尚属利器"。不知是否得之于普提雅廷，也能证明老耆并非全无抗战之心。耆英在通州接到皇上对桂良的批复，知悉要他留在津门，即发出一份奏折，讲述黄箱被劫的恶果，并说要向皇上面奏详情，聆听圣训，再作区处。

已经晚了！

却说僧格林沁接耆英信，也觉非同小可，而以惠亲王绵愉为首的三位巡防大臣刚离通州大营不久，急派专差飞速送达。绵愉与怡亲王载垣、郑亲王端华都是保举耆英之人，得知他擅离职守，赶紧奏报，提出应将耆英在军营正法，并自责缺乏知人之明，请求治罪。奕訢与军机大臣受命提出意见，也说耆英"竟敢不候谕旨，擅自回京"，必须审讯严惩。咸丰帝立命"僧格林沁派员将耆英锁柤押解来京"，严加审讯；命对惠亲王等保举者分别惩处，也自我检讨无先见之明，表达愧疚。这一串神操作竟在一日间走完，老耆悬了！

所谓"锁柤押解来京"，即俗语的披枷戴锁。今天仍能见到耆英的三份供单，是他在受审时留下的，大体上还算实话实说，强调黄箱子被劫导致无法施展；也有些文过饰非，声称并非怯懦，而是有些情况不便写成文字，必须向皇上亲口奏报。可说啥也没有用了。领衔审案的大臣多是保举他重出江湖者，此时拟罪唯恐不重，倒是恭亲王稍微厚道些，说在《大清律》上找不到此类行为的定罪依据，拟了一个"绞监候"，即判处绞刑，暂不执行。会审定罪通常略重，为皇帝显示宽仁留有余地，最后定罪一般会降等。如琦善因出卖香港定为斩监候，奕山、奕经以误国误民判处斩监候，后来都减等并再次起用。不出意外，耆英应也是这个路数。

可意外发生了。正当红的户部尚书肃顺闻知，连忙奏上一本，慷慨激昂，说如果办理夷务者都如此"畏葸潜奔"，成何体统，要求将之即行正法。耆英的子女见势不好，四处托人营救，甚至几次找到俄罗斯馆的巴拉第，哭泣求告，可皇上之意已决，谁能救得？谁又敢去救？三日后咸丰帝发布长篇谕旨，历数耆英的辜负圣恩和用心巧诈，赐令自尽。

由于耆英的宗室身份，监禁他的地方乃宗人府空房。空房，又叫空室，是宗人府专门管理宗室罪犯的机构，也指宗人狱监室。耆英曾因长子违法在此圈禁半年，并不陌生，怕也不会想到这次竟会丢了老命。上谕下达当日，左宗正仁寿与刑部尚书麟魁奉旨前来，令耆英阅读皇上朱谕，加恩赐令自尽。

没有人详记耆英的最后一刻。而缪荃孙《艺风堂杂钞》卷三，却记载和珅被赐令自缢时，耆英作为宗人府司员就在现场，事后给别人讲述所见情形。此记载未必靠谱，那一年的耆英仅十三岁，不太可能成为司员，但由此知道，自缢之前是照例要叩谢天恩的。

徐建寅：甲午战争的间接受害者

苍耳

北洋海军的弹药由天津机器局生产，再存入天津军械局调拨给北洋舰艇。徐建寅从"各船大炮及存船各种弹子数目清折"上获悉，军械局调拨给北洋各舰的开花弹共六千七百五十七枚，难道这些炮弹不在十三艘铁甲舰上？查验结果是，它们存放在旅顺、威海基地的弹药库里。这令徐建寅惊掉下巴！

甲午战争依然像一个巨大的黑洞。

吞噬进去的不仅有北洋舰队和它的官兵，还有光绪年代的光线、岛屿和膏壤。

而徐寿之子徐建寅，这个杰出的造船家和兵工家，在甲午战争的间隙，被光绪帝特旨召见，再派往山东威海北洋基地查验船械，追究海战失利之根因，物色一位替代丁汝昌的海军提督。光绪帝周围有那么多擅长权斗的"清流"，在紧急关头却无人堪用，而擅长辩辞的监察御史对海军一窍不通，何况赶赴战火正炙的黄海前线。为这个人选，光绪帝颇伤脑筋。临阵换将乃兵家大忌，但光绪帝仍决意要换，可见对丁汝昌之无能极其愤怒。光绪帝为何不直接让李鸿章报告实况，却选中徐建寅去明察暗访呢？显然，光绪帝对李鸿章老到而狡狯的奏折不感兴趣。李中堂经营北洋海军多年，那里俨然成了独立王国，水泼不进。北洋重臣与朝廷之间的裂痕和矛盾因战事失利而加剧了；围绕人事和军费的明争暗斗不曾消歇。

徐建寅在光绪年间是个"异数"。他未进过西式学堂，却参与"黄鹄""驭远"等现代舰船的设计与建造；他未参加过乡试与殿试，却受命担任驻德国二等参赞；他并无官阶"品"级，却被山东、汉阳兵工厂争相聘为总办；他并非朝廷全权重臣，却拍板在德国伏尔铿厂订制两艘铁甲舰，后被李鸿章命名为"定远"和"镇远"，堪称当时"地球一等之铁甲舰"。也许从那时起，徐建寅就注定与一场惨烈而屈辱的战争相关，后半生直至悲壮殉职也将笼罩在东方特色的怪雾之中。

好学的光绪帝必定读过《欧游杂录》。不读此书，绝不能读懂徐建寅。此书述录了他担任驻德二等参赞期间的种种见闻，其足迹遍布西欧强国，兵工厂、汽锤厂、炼钢厂、轧铁厂、锅炉厂、仪器厂、电机厂、火药厂、铜壳厂、砂轮厂、水雷厂、硫强水厂，被他逐一考察与研习。倘说严复最了解中、西在社会科学和体制上的差距，那么，徐建寅最清楚中、西在科技上的巨大代差。更可贵的是，徐建寅还考察了欧洲的议院制，编译出《德国议院章程》《德国合盟记事本末》，回国后力倡君主立宪制，很快受到光绪帝垂青。然而甲午战争像巨大的魔掌，蓦然击碎了洋务运动生成的梦景，而徐建寅就裹挟在这个魔掌中。号称"亚洲第一"的北洋海军一败再败，徐建寅的悲哀比别人更深，一腔忧愤无处可诉。皇帝选他去威海查访，首先看中他是舰船行家，其次，他并非李鸿章死党，可提供有价值的禀报。

对他而言，受命危难之际，既要对皇帝负责又不忤犯有恩于他的李鸿章，几乎不可能。徐建寅查证北洋海军的奏章手稿近年被发现，与奏禀光绪帝的是否为同一文本，不得而知。从这份手稿看，他查清了以下问题：

其一是弹药不足问题。北洋海军在海战中失利，弹药不足成了致命伤之一。海战打到紧要关头，"致远"舰炮弹用光了，邓世昌只得驾舰撞向"吉野号"。电影《甲午风云》有个细节给人印象极深，哑弹壳内装的竟是沙子。然而将哑弹归咎于美国人，显然不合乎事实。北洋海军的弹药由天津机器局生产，再存入天津军械局调拨给北洋舰艇。徐建寅从"各船大炮及存船各种弹子数目清折"上获悉，军械局调拨给北洋各舰的开花弹共六千七百五十七枚，难道这些炮弹不在十三艘铁甲舰上？查验结果是，它们存放在旅顺、威海基地的弹药库里。这令徐建寅惊掉下巴！丁汝昌率舰队出海护航竟没带足弹药，因而导致与日本舰队长达五小时的海战中，己方四艘铁甲舰被击沉。

其二是海军提督人选问题。丁汝昌屡被朝廷下令革职、明正典刑，甚至军前正法，均受李总督力保而无虞。光绪帝苦恼的是，取代丁汝昌的提督人选太难找。徐建寅献策："访有候选道马复恒，现当海军提督营务处差使。其人忠勇朴诚，稳练精干，前历充各船管带十余年，嗣后总办鱼雷营，均能实力整顿，劳怨不辞，于海军驾驶、行阵各事皆极精熟，洵堪领袖海军各员。"光绪帝未采纳这一建议，在谕旨中提出另一方案：用李和、杨用霖管驾海舰，擢授徐建寅为提镇。但遭到李鸿章的反对与抵制。直至次年元月北洋残师仍龟缩威海基地即将覆灭时，撤换海军提督仍在扯皮中。徐建寅完成查验任务后，即赴京出任督办军务章京。在京期间，他与庆亲王奕劻、帝师翁同龢等廷臣多有密谈，细言丁汝昌不能整顿海军，马复恒可取代之。朝廷内部也因此达成共识，对李鸿章形成压力。李中堂急电丁汝昌："闻徐建寅力赞马道。其才具魄力，是否尚堪造就？鹿岛之战是否在船驾驶？中外各员能否妥协？望即日筹度，据实密复。"丁汝昌会意，复电称马复恒前曾管带三舰，后会办旅顺鱼雷局，黄海大战未曾参加。李鸿章据此向朝廷奏明马复恒才具不长战船，阅历亦少，难以驾驭洋将，不胜提督之任。李中堂为派系利益死保丁汝昌，迫使朝廷留任其继续做提督。二十天后，北洋残军在威海卫灰飞烟灭，丁汝昌饮鸦片毒酒自尽。李鸿章被解除直隶总督兼北洋大臣职务。有人说李鸿章是"替罪羊"，他为僵化体制"替罪"，确乎有点冤；但李将派系利益置于社稷利益之上，其"罪"不可"替"，何冤之有？

甲午战争加深了中国的厄运，也使光绪帝走上激进维新的不归路。小人物徐建寅裹挟其中，成了"清流派"和"北洋派"争斗的棋子。他"动"了李中堂的"奶酪"，得罪了北洋派系。据说李鸿章许诺过徐建寅，若查验报告写得"好"，赏个山东青莱登道台给他。徐熟知官场规则，但战祸临头，社稷和派系孰轻孰重是清楚的。多年养成的求实精神使他不愿做违心事。这决定了夹在旋涡中的小人物的凄怆命运。戊戌变法中，光绪帝委徐建寅以农工商总局督理之重任，授予三品衔、"专折奏事"之特权。然而随后发生的宫廷政变，庆亲王奕劻及时通报使他逃离京城，但仍被列入"禁锢谪革"，革去"三品"，仅保住一条老命。

两年后"庚子变乱"，列强侵华，对清国实行军火禁运。徐建寅再次临危受命，被张之洞请去总管湖北全省营务及保安火药局。他在江汉之滨的龟山下办起钢药厂，试制无烟火药，"日手杵臼，亲自研炼"，很快解了兵工厂燃眉之急。谁知次年三月底的一天清早，钢药厂发生剧烈爆炸，徐建寅与十五名技术精英同时罹难。

据徐的女婿回忆，这天早上，徐建寅正与家人用餐，接到工头老鬼报告，说有一台机器不动了，请大人查看。徐总办二话没说，放下冒着热气的粥，坐上轿子往厂区查看。谁知他进入车间不久便发生爆炸，因距机器最近而死得最惨。一条腿被炸到很远的地方，找了好久才找到，唯独他穿着朝靴而来。"只见他头上血迹斑斑，半张脸被炸得已不成样子，右手右腿不知去向，就像半个血人似的躺在冰冷的洋灰地面上。"唐浩明在小说《张之洞》中如此描绘并非虚构。

有人认为徐建寅亲自调制炸药，不小心发生了爆炸。这种说法不能自圆其说。调制炸药这种活儿，需要总办亲自动手吗？湖广总督张之洞事后上折，称这是一起"机器炸裂"事故。机器怎么会突然"炸裂"呢？显然有人将小型炸药包置于机器齿轮间，徐探查机器时，转动的齿轮引燃了炸药包，并引爆了周围的炸药。蹊跷的是，工头老鬼安然无恙——他是密谋的实施者，已逃离现场。

笔者并不认为李鸿章会谋害一个小人物，何况徐建寅对大清造船业和北洋水师有过卓越贡献。但徐建寅显然死于谋害而非事故，幕后凶手无法确定，但指向北洋派系是大致不错的。徐建寅之死，因此成了诡异的甲午战争的一个悲怆回声。

吴禄贞：一场刺杀改变辛亥格局

李惠民

他明里是清廷军事大员，实则是打入清廷军队内部的革命党人。武昌起义后，吴禄贞在石家庄扣押了清廷给袁世凯运送的一列军火，并与阎锡山组成燕晋联军，打算直接进攻北京。遗憾的是，就在燕晋联军攻打北京的前一天夜里，吴禄贞在石家庄火车站被他的卫队长刺杀，吴禄贞身首异处。

在京津冀一盘棋中，石家庄是京津之外的又一重要城市。相对于京津，石家庄历史较短，1907 年，随着正太铁路的完工，当时还是铁路沿线小村庄的石家庄才逐渐兴盛起来，并被命名为石门市。

中国近代史上，京津扮演着重要角色，作为近邻的石家庄却似乎一直默默无闻，但有一发生于此的历史事件却值得一提，它间接地改变了中国的历史——那就是 1911 年革命党最重要的军事人才吴禄贞遇刺事件。

吴禄贞是我国留日第一期士官生，被誉为"士官三杰"之一。他明里是清廷军事大员，实则是打入清廷军队内部的革命党人。武昌起义后，吴禄贞在石家庄扣押了清廷给袁世凯运送的一列军火，并与阎锡山组成燕晋联军，打算直接进攻北京。

遗憾的是，就在燕晋联军攻打北京的前一天夜里，吴禄贞在石家庄火车站被他的卫队长刺杀，吴禄贞身首异处。是谁指使卫队长刺杀吴禄贞？一时成为一宗谜案。

吴禄贞和阎锡山领导的燕晋联军，是一支能够直接威胁到清政府统治的军事武装。如果吴禄贞的计划能够成功，辛亥革命的历史将会重写，当然，历史是没有如果的。

吴禄贞：倒在革命前夜的燕晋联军统帅

在 100 多年前那场波澜壮阔的推翻清廷统治的革命斗争中，吴禄贞是个举足轻重却又鲜为人知的人物。这位年轻的清朝军事官员，曾在张之洞的湖北新军任职，暗中发展了不少革命党人，为此后的武昌起义打下了基础。而在武昌起义爆发时，吴禄贞已经升任北洋新军第六镇统制，他极为大胆地联络阎锡山等人，策划直接进攻北京，不料出师未捷身先死。

辛亥革命胜利后，黄兴等人于1912年3月14日（农历正月二十六日，吴禄贞的诞辰日）为吴禄贞举行追悼会，孙中山不仅派他的秘书长代表他出席追悼会，还特写了悼词：

> 荆山楚水，磅礴精英，代有伟人，振我汉声，觥觥吴公，盖世之杰，雄图不展，捐躯殉国，昔在东海，谈笑相逢，倡义江淮，建牙大通，契阔十年，关山万里，提兵燕蓟，壮心未已，滦州大计，石庄联军，将犁虏廷，建不世勋，狝猻磨牙，蜂虿肆毒，人之云亡，百身莫赎。

策划：燕晋联军拟直接攻打京城

1911 年 10 月，武昌起义爆发后，全国各地纷纷响应，不少省份先后宣布独立，清廷统治摇摇欲坠，频频告急。10 月 29 日，直隶滦州爆发了张绍曾所部的"兵谏"，而山西的阎锡山领导民军起义后，也宣布独立。接连出现的近畿兵谏和晋省"独立"，给清廷造成了极大的威胁。

清政府迫不得已，一方面只好接受"滦州兵谏"提出的十二条立宪主张，另一方面又急忙派遣北洋新军第六镇的统制吴禄贞率部前往山西镇压革命起义。

10 月 31 日，吴禄贞到达石家庄。当时石家庄是一个刚刚形成的小镇。由于京汉线和正太线铁路在此交会成为交通枢纽，石家庄既是京师的南大门，又是燕晋咽喉之地，军事战略地位非常重要。清政府为了赶紧遏制山西局势，很快就任命了吴禄贞为山西巡抚，下令他立即带兵攻打山西革命军。

据谢良翰（吴禄贞在石家庄时的火车站司令官）的回忆录记载，吴禄贞与秘书周维桢、参谋张世膺，先是借车站站长居住的三间平房作为前线指挥办公室安顿下来，后来又计划将自己山西巡抚的行辕安置在石家庄车站附近的英美烟草公司大楼二层，楼下一层则作为六镇统制的司令部。

吴禄贞作为打入清军要害部门的革命党人，此时决定将计就计，以招抚为名，派人与山西革命军取得了秘密联络。

11 月 4 日 13 时，吴禄贞抵达山西娘子关，受到阎锡山亲自迎接。吴禄贞在与山西革命党人的会晤中说，山西的独立使京畿震动，如果我们联合起来会师北京，是一定可以成功的。现在袁世凯在武汉捣鬼，他有阴谋，我们如果早到北京，就可以把他的计划完全打破。很快阎锡山就认可此方案，双方达成了组织燕晋联军起义的秘密计划。接着吴禄贞又谦虚地说道："现在北京授命我做山西巡抚，我是革命党，这对我真是笑话。阎都督是你们山西的主人，我是替他带兵的。"这些话让阎锡山非常感动，他表态说："我们拥护吴公禄贞做燕晋联军大都督。"

就这样吴禄贞被推举为燕晋联军大都督，阎锡山为燕晋联军副都督，燕晋联军准备在石家庄汇集后，北上进攻京城，一举推翻清政府。

经历：曾在湖北新军发展革命党人

吴禄贞能和阎锡山策划直接进攻京城，与其经历是分不开的，因为他本身就是一个革命党人。

吴禄贞，字绶卿，自号梦泽雄，湖北省云梦县人。1880年3月出身书香门第，年幼一直随父读书，少怀壮志，勤奋聪敏，尚侠喜武，常舞剑耍刀。1895 年其父去世后，他到湖北织布局当童工，后因为女工抱不平，痛打工头而离开。1896 年毅然投军，入湖北新军工程营当兵，1897 年考入湖北武备学堂，后由湖广总督张之洞选送去日本留学。

1898 年吴禄贞到日本先读预科，1900 年 7 月正式升入日本陆军士官学校，在骑兵科学习，成为中国留日第一期士官生。在东京读书时，正值甲午战后日本利用中国的巨额赔款，由一个并不发达的资本主义国家一跃而跻身于帝国主义的行列，这让他深感清政府的腐败无能，立下救国救民的志愿。

在日本学习时，吴禄贞结识了孙中山，并与革命党人频繁接触，秘密加入了兴中会。在日期间，吴禄贞曾受孙中山的委派秘密回国，与唐才常谋划了武装反清的自立军五路共同起义计划。结果吴禄贞与秦力山指挥前军在安徽大通按时发动了起义，而由于其他四路因故未动，寡不敌众，起义失败。此后，他又返回日本东京陆军士官学校继续复学。1901 年冬吴禄贞学成毕业，成为年轻有为的军事人才，吴禄贞与同校留学生张绍曾、蓝天蔚被并称为"士官三杰"。

从日本毕业归国后，吴禄贞继续在张之洞的军队里任职，兼任武备学堂教习、会办。他以武昌水陆街13号寓所作为秘密聚会地点，利用公开身份继续从事秘密的革命活动。按照孙中山先生的指示，吴禄贞非常注意从学生、士兵中吸收有志于革命者，他借助自己的身份和地位，自介绍了不少思想进步的学生积极分子参军当兵。他还秘密地翻印了陈天华的《猛回头》《警世钟》和黄藻的《黄帝魂》等革命书刊，在学堂和军队中散发。由于吴禄贞等人的积极努力，"秀才当兵"在湖北蔚然成风，极大地改变了湖北新军的成分，有力地提高了军队文化素质，为而后湖北新军成为武昌首义的主力奠定了基础。正如参加辛亥武昌起义的张难先所说，"湖北革命之基，实于此植之也"。

1903年，清政府为统一军制，在北京设立了练兵处。因练兵处统筹负责编练全国军队，急需使用大批军事人才，黄兴劝吴禄贞"投身中央，伺隙而动"。加上载涛任军咨大臣后，为了牵制袁世凯而开始重用留日士官生等有利条件，吴禄贞经在日本士官学校的好友良弼举荐，并且花巨款贿赂了时任总理大臣的庆亲王奕劻，故而于 1904 年 5 月被任命为练兵处军学司训练科马队监督，遂奉调进京就职。

戍边：守住国土的"间岛英雄"

除了在石家庄有"吴公墓"，吴禄贞在吉林延吉的"戍边楼"还有个塑像，这是当地为纪念吴禄贞任边务督办时的功勋而立。

1907 年，日本凭借对朝鲜半岛的占领，妄图趁机吞并中国延边图们江以北、海兰江以南的大片领土，日本称之为"间岛"地区。所谓"间岛"，系图们江北岸吉林省延边地区光霁峪前的一处滩地，自古系中国领土。自 1860 年以后，朝鲜北部灾荒不断，大批濒于绝路的朝鲜饥民非法越界垦殖，由起初的"朝耕暮归"，逐步发展成为长年定居。甲午战后，由于朝鲜沦为日本之保护国，特别是 1905 年日俄战争结束后，日本打着所谓解决中、朝界务问题的幌子，向我国东北地区进行了一场蓄谋已久的侵略活动。

吴禄贞被徐世昌派往吉林延边一带调查边务，后被任命为陆军正参领帮办吉林边务。他在与日本驻韩头目斋藤季治交涉之前，做好了充分调查准备，"持论严正，侃侃而挠"，由于事先进行了必要的人马布署，日方谈判首领不敢轻举妄动，不得不下令撤出中国边境。此后吴禄贞带领督练处周维桢、李恩荣两位科员及六名测绘员，"跋涉山川，穷极边塞"，历时73天，纵横2600多里，考察了边区的山水村寨。他们"复旁考列国之舆图，翻译西人之记载，证以日韩之邦志，断以国史及诸名家之著录，荟萃成编"，最后绘成《延吉边务专图》，撰写了10万字的《延吉边务报告》。这一成果，后来成为中方谈判中非常有力的重要依据，正如吴禄贞所言，它确实来之不易，撰写此报告"调集官私书籍数十种，钩稽图志亦数十种，分条析缕，颇复不易"。时任军机处主政的张之洞，对吴禄贞所举"尤激赏之"。1909年5月，吴禄贞升任延吉边务督办，并任陆军协都统。后来，清政府根据吴禄贞调查的边务报告和他起草的长达万余字的《逐节申辩节略》，坚持了中韩以图们江为界河的历史事实，逐条批驳了日本的无理要求，迫使日方签订《图们江中韩边界条约》，确认了延吉为中国领土。吴禄贞因此功绩，被誉为"间岛英雄"。

吴在延吉建有成边楼，并写有登吟成边楼诗句：筹边我亦起高楼，极目星关次第收。万里请缨歌出塞，十年磨剑笑封侯。鸿沟浪靖金瓯固，雁碛风高铁骑愁。西望白山云气渺，图门江水自悠悠。

1910 年初，吴禄贞被调回北京，授以镶红旗蒙古副都统，派赴德法两国考察军务。同年冬回国后，吴禄贞用同盟会提供的巨款活动奕劻成功，谋得了驻扎保定的新军第六镇统制之职。吴禄贞从出任第六镇统制到 1911 年 11 月 7 日殉难，总共不到一年时间。

遇难：行动前夜被部下刺杀

1911 年 11 月 5 日，吴禄贞由娘子关返回石家庄后，在火车站扣留了清政府接济袁世凯在湖北镇压革命军队的一列军火。这一下不仅使清政府慌了手脚，也使当时正坐镇孝感准备督师进攻武昌革命军的袁世凯大有芒刺在背之感。一直以来，吴禄贞公开打出的旗帜是奉命镇压和招抚山西革命军，而与阎锡山达成联合起义全都是秘密进行的。当6日晋军先头部队在被吴禄贞招抚归顺的掩护下抵达石家庄后，吴禄贞便在六镇中级以上军官会议上公开宣布了翌日起义的计划，即"采取革命手段，明晨即直赴北京，并分发白布臂箍，使各缠手臂，以为符识，有不服者，即以军法从事"。从截扣军火到组建燕晋联军，再到制定进攻北京的起义计划等一系列举措，充分反映出吴禄贞果断性格和大无畏英雄气概。

当时，由吴禄贞直接节制的兵力有限。按照北洋新军编制，镇依次下辖协、标、营、队、排、棚，每镇辖步兵两协，步兵协每协下辖步兵两标，每标又辖三营，每营辖三队，每队辖三排，每排辖三棚。按照兵力来算，北洋新军一镇的兵员约在12000人。据时任清军咨府特派员的孔庚回忆录记载，他与吴禄贞在石家庄会晤时，得知六镇中有一协兵力已经派赴汉口，另外，清军第一镇一标虽说也归吴禄贞节制，但是旗人组成的第一镇又是暗中牵制吴禄贞的一股势力。

吴禄贞作为燕晋联军大都督，是攻打北京计划的总策划和总指挥。1911年11月6日深夜，吴禄贞在设于火车站站长办公室的司令部里，与参谋长张世膺、副官长周维桢紧张地筹划第二天的起兵事宜，处理繁忙的公务。7日凌晨，吴禄贞的卫队长马步周（字惠田）率领一部分士兵闯入办公室，即开枪扫射。吴禄贞因毫无准备，顿时倒在血泊之中，张世膺和周维桢也同时遇害。与吴禄贞居住仅一墙之隔的车站司令官谢良翰闻枪后，即起身前往救援，被凶手伏击受伤。此时凶手们在车站上还疯狂地对空大肆鸣枪，制造了严重混乱的气氛。由于六镇中革命党人群龙无首，"士兵逃亡大半，秩序紊乱"，刚刚到达石家庄的山西民军，当夜又急忙退至获鹿以西。直到次日天亮，山西民军才返回车站，将原来截留的军火和吴禄贞的尸体一并装运列车，急急忙忙撤回太原。当地居民听到"吴大人被杀"的消息后，几天之间都处于极度的惊慌之中。9日，清政府派员到石家庄接掌六镇军权。吴禄贞在石家庄火车站被刺，使得一场顷刻即来的急风暴雨瞬间变得烟消云散了。

遗憾：双重谜案至今未解

究竟谁是刺杀吴禄贞的幕后指使人？真相确实扑朔迷离，不仅当时的新闻报道和人们传言五花八门，许多当事人的追记与回忆也众说纷纭，判若云泥。再加上凶手还残忍地割下吴禄贞的首级，至今下落不明，故而成为名副其实的双重无头案。到目前为止，此案存有多种说法，史学界多数人依据此案导致的结果对谁最有利来推断凶手，倾向于清政府和袁世凯为最终主使。虽然目前还没有证据证明是谁直接指使了此次暗杀，但是，袁世凯培植的私人武装在此次事变中所扮演的角色和发挥的作用是十分明显的，也不排除是由六镇反动军官们在没得到外部指使的情况下，共同发动的旨在反对吴禄贞举兵计划的一场突发兵变。

吴禄贞在石家庄组织发动燕晋联军攻打北京的计划，直接推动直隶和山西革命形势发展。尽管这一壮举时间短暂，且计划失败，却令人惊心动魄，吴禄贞的殉难是极其悲壮的。"出师未捷身先死，长使英雄泪满襟。"吴禄贞这种挺身而出的英雄本色和敢于直捣黄龙的胆略与气魄，应该永远被后人所铭记。

南京临时政府成立后，为纪念先烈，孙中山临时大总统下令以陆军大将例赐恤，表彰吴禄贞的功勋。1912年3月14日（农历正月二十六日，吴禄贞的诞辰日），黄兴等人在上海张园为吴禄贞举行追悼会。同日，山西太原军民也为吴禄贞举行了隆重的追悼会。追悼会主祭台上横幅为"燕晋联军大将军吴公绶卿追悼会"，两侧为黄兴所提的挽联："公缓须臾，万里早空胡马迹；我悲后死，九原莫负故人心"。

在吴禄贞殉难两周年的忌日，即1913年11月7日，山西省政府为吴禄贞、张世膺、周维桢修建的陵墓在石家庄火车站落成，三位烈士的遗体正式安葬于此。吴禄贞墓外形为纪念塔式，高约二丈，墓前有阎锡山撰写的石刻碑文。吴禄贞墓作为烈士的殉难遗址，在民国时期成为当地屈指可数的文化景观之一。1933年出版的《石门指南》说：石门建市的"年代不久，古迹毫无，欲觅一名胜古迹，实属凤毛麟角。仅车站之吴公墓，可称本市独一之名胜"。吴禄贞墓为石家庄留下了一笔丰厚的文化遗产。在十年动乱中，吴公墓遭严重破坏，1982年

3月25日，被迁至石家庄长安公园内西北侧的小土山上，新建墓地约150平方米。如今整个墓区松柏青翠，庄重肃穆，已经成为爱国主义教育基地。

伦敦塔里的囚徒

余凤高

　　如今，伦敦塔已经结束了监禁、谋杀、处死囚徒的历史，而作为一个甲胄博物馆接待人们来参观展出的火炮和其他古代兵器，每年引来二三百万游人。

在威廉·莎士比亚描写同名人物的历史剧《亨利六世》里，这位苏格兰国王在和篡夺王位的爱德华四世的斗争中两次被捕后，爱德华四世都吩咐说"派人把他送进伦敦塔"。"送进伦敦塔"是什么意思？伦敦塔是个什么去处？送到那里去干什么？伊丽莎白时代的观众都明白这句话的潜台词。

伦敦塔是英国皇家的要塞，一处占地十二英亩的建筑群的总称，位于泰晤士河北岸和以伦敦市而闻名的古代英国行政区的东侧。1066 年征服者威廉一世于圣诞节这天加冕之后不久开始建造，为的是可以控制商业社区，扼守通往泰晤士河伦敦桥下的水域。在当时河流仍是伦敦的主要通道的年代里，要塞中 13 世纪修建起来的水门是最常为人们使用的。这水门有一个别名："叛逆者之门"，原因是伦敦塔长期以来都被当成国家监狱，许多罪犯就是经过水门被送进塔里。伦敦塔共关押过大约一千七百名囚徒，其中很多著名的人物就在塔里遭到了谋杀。所以"送进伦敦塔"就意味着被关进监狱等待处死。

亨利六世（1470–1471）高雅脱俗、慷慨大度，他笃信基督教，关心宗教教育事业，有着基督教徒的一切美德。从青年时代起，亨利六世总是穿一双圆头鞋或圆头靴，一件长袍，戴一块头巾；而且鞋、袜、靴都一律黑色，始终拒绝穿戴一切新奇式样的衣着。即使大典之日，习俗上要求他戴上王冠，可是他仍旧要贴着皮肤穿一件粗毛衣表示"赎罪"。但他根本不会治理国家，更不具备帝王的气质。这就决定了他的悲剧命运。

亨利六世无能，且患有精神病，以致1461年被原来代他摄政的约克公爵的继承人夺去了王位，号称爱德华四世，亨利六世只得逃往苏格兰。1464年，他回到英格兰，支持兰开斯特家属起事，但遭失败。被俘后，他像一个叛国的罪犯一样被囚禁在伦敦塔。史学家描述说："在那里，如同地道的基督教徒，他耐心地忍受着饥渴、嘲弄、讥笑、责骂和很多其他折磨。"由于爱德华四世与沃里克伯爵之间的纷争，亨利六世又于1470年10月复位，这次是爱德华四世逃往国外。但不久又重新回来，挫败并杀死了沃里克，第二年还击退玛格丽特王后的军队。亨利六世再次被关进了伦敦塔。几个星期之后，朝廷宣布，说亨利六世在伦敦塔里"忧郁而死"。实际上他是于5月21日11时至12时之间被处死的。处死他是因为他的名字有很大的号召力，出于政治上的需要，以免今后会有人打着他的旗号进行叛乱。

好像是历史开的玩笑，伦敦塔监禁的第一个囚徒竟是最早主持建造伦敦塔的一名官员。

征服者威廉一世在一次战斗中受了伤，五周后于1087年9月9日死去。按照封建惯例，由长子罗贝尔继承诺曼底的王位，因次子已在一次狩猎中死亡，他新征服的英格兰的王位则由三子威廉继承。1887年11月26日，大主教在威斯敏斯特教堂给威廉加冕，成为威廉二世。

威廉二世（约1056–1100）体态有些肥胖，因黄色的头发、绯红的面孔，而获有"红脸威廉"的绰号。他的另一名声是腐败的暴君，其中一个突出的表现是他想方设法自己收税。在实行这些有利的政策中，威廉依靠的是他的首席大臣兰那夫·弗兰巴德。

兰那夫·弗兰巴德（？-1128），属诺曼血统，是诺曼底巴约主教管区的一个教区的牧师之子。随家庭移居英格兰后，兰那夫进入威廉一世的大臣办事处，并因在青年时代就成为一名廷臣而引人注目。不过他不为贵族们所喜欢，在说到他的才干时，他们称他是一个"挑拨离间者"。但他以自己的机智聪慧、多谋善断，仍然被认为是一个有眼光的财政家，并于大约1083年成为威廉一世的掌玺大臣。同时在1086年开始的对英格兰所进行的皇家土地调查中，他似乎也起了重要的作用。后来兰那夫不但任王室顾问，甚至升至王室牧师、首席顾问，一度还担任最高司法官。

作为威廉二世的宠信，弗兰巴德受命任王室财务主管。在此期间，他通过增加税收与勒索诸侯和教会，聚敛了大量的钱财，颇得国王的欢心。1094年，他开始建造诺曼十字形教堂的工作，1099年被任命为达勒姆的主教，并继续建造达勒姆大教堂。建造伦敦塔要塞时，他又亲临处事，如在要塞中处于中心地位、达九十英尺的一座最高建筑——"白塔"，便是他亲自参与建成的。

1100 年 8 月 2 日，威廉在汉普郡纽福里斯特的森林打猎时，从背后飞来一箭，射中一只眼睛。这可能是偶然的事故，也可能是有意的暗杀，因为他一向不得人心。普遍怀疑是国王之弟、老威廉的最小的儿子亨利指使贵族蒂雷尔干的。结果，在国王死后，弗兰巴德被当成他的替罪羔羊，关进了伦敦塔，成为第一个关进塔里的人。只是不久，弗兰巴德设法逃脱了监禁，逃往诺曼底，后来还重新获得王室的宠信，恢复了主教的职位。

都铎王朝的第二代国王亨利八世（1509-1547）青年时，有个不爱夸张的使者曾称赞他是"一位我从未见到过的最漂亮的君主"，而且还极其多才多艺。但是他的品性恰恰与他的外貌和才能相反，是一个好大喜功、豪华奢侈、残忍暴烈、性格乖戾又狡诈多疑的人。沃尔特·雷利爵士曾经这样说到他："如果所有残忍君主的典型和外貌都消失了，那还是可以由亨利八世的故事复原出来的。"

亨利八世的残暴乖戾，在列代的君王中，的确是特别突出的。他在继位的第二天，便将亨利七世主要的两位税收官关进伦敦塔，十六个月后以莫须有的罪名处决。随后他又处决了三位主教、一位公爵、许多伯爵和一位伯爵夫人，甚至处决了自己的两个妻子。

安妮·博林（1507?—1516）是托马斯·博林爵士和伊丽莎白·霍华德郡主的小女儿。她虽然没有惊人美丽的容貌，但从小在法兰西长大，回国后住在宫中，有一种令人倾倒的风度，还有那轻快的活力，是亨利八世的第一个妻子凯瑟琳所无法比拟的，对亨利八世有前所未有的魅力。

凯瑟琳是西班牙阿拉贡国王斐迪南二世的女儿，原来嫁给亨利七世的长子、亨利八世的长兄亚瑟，但婚后第二年，亚瑟便死了。为保持与西班牙的联姻，老国王临终时为她与亨利八世订下了婚约。婚后，凯瑟琳虽曾给亨利八世生过两个儿子，但都夭折了。亨利八世极想有一个合法的男嗣，将来可以继承他的王位；同时又被安妮的魅力所迷惑，就于1527年向罗马教廷提出离婚的申请。可是教皇不同意离婚，亨利八世请英国国教会裁决，也未得到受理。直到托马斯·克伦威尔上台之后，他的目的才得以达到。

在此期间，亨利八世不但已经与一位宫女生下一个儿子，还把安妮的姐姐玛丽占为己有，又给安妮写了一封封情书，发誓说要娶她为合法的妻子。大约在1533年1月25日，他与安妮秘密结婚，6月，安妮在威斯敏斯特教堂正式加冕为王后。这时，人们从她衣裙的皱褶上看出她已经怀孕。三个月后，安妮生了一个女儿，即未来的伊丽莎白女王。亨利八世失望万分：他可不是为了再生一个女儿才娶她的啊！从此，他对安妮母女俩就都表现得非常冷淡和厌弃。

得不到儿子，没有合法的王位继承者，自然是亨利厌弃安妮的重要原因；另外，这时候，亨利又已经看中了王后的女侍——丰姿秀丽、秉性端庄、后来成为他第三任妻子的简·西摩也是一个原因。更加上宫廷派别的斗争也纠缠到了一起，事情就复杂化了。

1529年克伦威尔进入国会，随后作为亨利八世的主要谋臣，成为英国的实际统治者。他主张英格兰教会与罗马教廷脱离。1534年，英国国会通过"至尊法案"，确定国王代替教皇成为英国圣公会的首脑，也即全英国的无上首领，提高了王室在教会中的权威。在此前后，亨利八世于 1533 年命令坎特伯雷大主教托马斯·克兰默废除了他与凯瑟琳的婚姻；随后又要求全体臣民宣誓，毫无保留地支持他与凯瑟琳婚姻的无效和他与安妮婚姻的有效。但是遭到一些人的抵制。除了坎特伯雷大主教领地上的女仆、一位颇有影响的预言者和其他七八名教士因此而遭处决外，还有罗彻斯特的主教圣约翰·费希尔和曾任下议院议长与内阁大臣的《乌托邦》作者托马斯·莫尔，也同样都是因为不愿违背良心作这一宣誓而以叛逆罪被关进了伦敦塔，随后被处决。

这种宫廷斗争反映到安妮的身上时，有人不但说她体质上有缺陷，即她的左手有六个指头就是女巫的确凿标志，还通过严刑拷打，使一位宫廷乐师承认与安妮私通，还有四人也被牵连了进去。

1536 年 1 月，亨利在骑马时出了一次事故，生命似乎都有危险。安妮知道后，受到极大的震惊。她自己说，这次受惊使她怀着的一个男婴流产了。亨利异常恼怒，说自己当时肯定是被安妮的巫术所勾引才娶了她。但是实际上，历史学家认为，安妮根本不大可能犯有被指控的罪行，她显然只是"托马斯·克伦威尔所支持的宫廷派别的牺牲品"。

安妮先是以与人通奸、甚至什么与亲兄弟通奸的"乱伦罪"被关进伦敦塔，随后于 1536 年 5 月 19 日被处决，成为第一个被处决的王后。安妮对夫君亨利八世的最后请求是希望用剑了结她的生命，而不想像莫尔等人那样死于斧下。亨利同意了，并派人去法国物色了剑客。

伊丽莎白一世是英格兰历代最伟大的君主之一，她四十五年的成功统治，使她成为百姓所敬仰的女王，除了在私生活上对她有些议论。

由于考虑与他国联姻可能会导致战争，伊丽莎白无论如何不肯结婚，但她却是一个喜欢与男人交往的女性，甚至到了老年，仍旧不减浪漫热情。她与大法官克里斯托弗·哈顿爵士，尤其是与罗伯特·达德利伯爵的风流韵事，是广为人知的；她与埃塞克斯伯爵和沃尔特·雷利的关系，把男女恋慕之情与君臣权力之争交织在一起，至今也仍然常常被人所道及。

埃塞克斯伯爵第二罗伯特·达弗雷（1567-1601）是伊丽莎白一名老臣的儿子，还叫女王姑奶奶；女王在他孩提时代就认识他，并很喜欢他。1587年，埃塞克斯伯爵任女王的侍从长，这年女王已有五十三岁，而埃塞克斯伯爵还不到二十岁。

埃塞克斯伯爵身材颀长，金色的头发柔顺地披散了下来，显得很有风度，加上他稚嫩的神情，恭敬的脸色和言词，使伊丽莎白很快就被这个年轻人迷住了。他们两人经常待在一起，一起在各处公园散步，一起去伦敦郊外的森林中骑马，晚上又在一起聊天、谈笑，或者欣赏音乐，甚至四周所有的厅室都没有人了，他们两个还在一起打牌，或做各种游戏。

埃塞克斯伯爵与女王的这种关系，引起另一个人——女王原来宠信的警卫队长沃尔特·雷利的嫉恨。于是两个情敌都在女王面前诉说对方的种种。由于伊丽莎白维护了雷利，导致埃塞克斯与女王的第一次争吵。吵过之后，埃塞克斯一气之下，声言决意要渡海去参加支援荷兰的战争，说是即使在战斗中死去，光荣的牺牲也胜过烦恼的偷生。但他的出走被伊丽莎白派人追了回来，于是两人重归于好……像这样的一个年轻人，居然可以跟崇高的女王争吵，甚至当面斥责了她，竟不至受到惩罚，这使埃塞克斯伯爵以后更放肆了。问题是，对埃塞克斯来说，凭着自己与女王的关系，他什么事都过于自信，而忘了伊丽莎白毕竟是一个政治家，她虽有感情上的缠绵，却不会忘掉政治上的考虑。这个结果就是使以后两人的继续争执，终于闹到不可收拾的地步。

一次，为爱尔兰总督的任命，在枢密院会议室谈到此事时，女王断定埃塞克斯伯爵的舅父威廉·诺里斯爵士是适当的人选，但埃塞克斯不愿失去他舅父在朝廷上对他的支持，极力不想让他离开，便另外提出乔治·卡鲁爵士，为的是把这个他的政治对手赶出宫廷。女王不考虑他这意见，埃塞克斯却仍然坚持，以致两人都恼火了，语言也越来越激烈。最后，女王宣布，不管埃塞克斯怎么说，还是派诺里斯去爱尔兰。埃塞克斯气愤之极，表现出轻蔑的脸色，并转身把背朝向了伊丽莎白。女王随手打了他一个耳光，愤怒地大吼一声："见鬼去吧！"埃塞克斯也愤愤地咒骂了一句，并以一只手按住佩在身上的剑，仿佛要拔的样子，一边对着女王大声叫道："这样的横蛮无理，我是忍受不了的……"该怎么惩罚这个傲慢的年轻人呢？人们都在观察。不过伊丽莎白倒并不急于要处置他，她等待他来谢罪。伯爵给女王写了信，再次请求效命，于是两人又像往日那样在一起了。表面看来，似乎什么疙瘩都不存在了，但相互之间的信任已经消失。最后，是一件大事，彻底割断了他们之间的感情纽带。

1599 年，埃塞克斯伯爵任女王驻爱尔兰的代表时，因调度无方，被叛军打败，与对手订立下一项屈辱的条约；又违反女王的明令，擅自回国；甚至不顾君臣的礼节，不通报、不按规矩闯入女王的卧室，因而于 1600 年被女王撤去了一切职务，原来赏赐给他的葡萄酒税收专利也被收归国家。在此期间，埃塞克斯天真地一次次给伊丽莎白写信，恳请与这位他从前爱过的女人"有一次亲热的会见"，还说什么"吻她那秀美的正误纠谬的手"，乞求获得宽恕。却都没有起作用。由于政治上前途毁灭，又因失却了专利而经济上也濒临破产，伯爵就带领了三百人，在 1601 年 2 月 8 日发动伦敦民众叛乱；但被击败，只好无条件投降；随后即被关进伦敦塔；经审判，于 2 月 19 日被判处死刑。女王虽然对他的判决不曾犹豫，但曾经一再推迟对他死刑的执行，最后仍按伯爵本人的意愿，不在公众场合，而于 2 月 23 日在伦敦塔内处死了他。行刑那天，沃尔特·雷利目睹了他这个政敌被处死的整个过程。但是他自己十七年后也仍旧没有逃脱与他同样的命运。

沃尔特·雷利（1554-1618）是一个天才的军人，又是一个富有才华的诗人。雷利出身名门，曾就读于牛津大学奥里尔学院和中殿律师学院。他熟读名著，嗜好自然科学，曾认真学习数学以便于航海，还学习过化学和医学，他调剂的"沃尔特爵士酒"风行了一个多世纪。1580 年，雷利参加镇压芒斯特省爱尔兰人的反叛时因坦率地批评了英国对爱尔兰的政策而引起伊丽莎白女王的注意，1585 年受封为爵士，两年后任女王的警卫队长。

雷利风流倜傥，衣着华丽，又智慧过人，语言幽默。他写诗赞颂女王，深得女王的欢心，一度曾比任何人都更得她的宠幸，她简直完全被他迷惑住了。但是当雷利意识到女王绝不会跟他结婚之后，他就瞒着女王，于 1592 年与原来就有来往的一位宫女结了婚，并使她怀孕。他这样做，使伊丽莎白十分恼怒，便以玷污宫女的贞操和荣誉之名，将雷利投进了伦敦塔。不久虽然获释，但雷利从此就失去了女王的宠爱。十年后，伊丽莎白去世，詹姆斯一世执政。詹姆斯在国际关系上主和，对雷利敌视西班牙的政见不予支持。不久，雷利遭政敌的算计，被指控阴谋推翻王位，因而被判死刑；后缓刑，被监禁在伦敦塔，是在伦敦塔里时间待得最长的一个囚徒。雷利在塔里的日子过得相当舒坦。他甚至把妻子、儿子都接了进来。他在自己的花园里种植烟草，还把一个鸡舍改成化学实验室。闲暇之余，他甚至写出了一部《世界史》，这部从创世纪写到公元前 2 世纪的历史被公认是一部传世名著。到了 1616 年，雷利给国王写信，说服他忘掉过去，派他去二十年前去过的圭亚那开发远征。詹姆斯同意后，雷利获假释，保证在不侵犯西班牙利益的前提下在那里开发金矿。但是一无所获，且其下属烧毁了一处西班牙居民点。于是，詹姆斯根据 1603 年原判，于 1618 年将他处死。此时的雷利已经年老，又身染重病，显得弱不禁风。但在走向断头台时，仍表现出他那诙谐的个性。面对刽子手握着的利刃，他风趣地说："这种药的药力太猛，不过倒是包治百病。"

1482 年冬到 1483 年春，爱德华四世因为法王路易十一撕破 1475 年签订的比基尼条约，决心亲自再次出兵入侵法兰西的时候，突然得了伤寒症，于 4 月 9 日病逝，王位传给了太子爱德华。可是爱德华五世这年只有十二岁，根据国王的遗嘱，由他的弟弟、即爱德华五世的叔父格洛斯特公爵摄政。

格洛斯特公爵是一个很有野心的人，一意想要篡夺这个王位。结果，在他和以爱德华四世的妻子、伊丽莎白·伍德维尔王后为首的力量之间，展开了一场激烈的较量。王后方面乘格洛斯特公爵不在伦敦的时候，要让咨议会通过决议，以一个摄政会来取代格洛斯特公爵的摄政地位，同时设法尽快安排为爱德华五世加冕，以终止格洛斯特公爵的摄政职权；格洛斯特公爵则要让咨议会宣布由他摄政，并让爱德华三世的后裔白金汉公爵第二等人宣布爱德华四世的婚姻无效，他的子女不合法。

有一个叫威廉·黑斯廷斯（1439？-1483）的王室侍从，是个勋爵，也是爱德华四世的密友，但与王后并不亲近。他暗中将王后的计划透露给了格洛斯特公爵。得知这一计划之后，格洛斯特公爵立刻在爱德华五世被带往伦敦准备加冕的途中，劫持了他，同时把他的监护人也逮捕起来，囚禁在伦敦塔中。于是，王后在5月1日，带了她的幼子、爱德华五世的弟弟理查进入威斯敏斯特。这是英国最著名的教堂，是历代君主加冕的处所。形势紧迫，格洛斯特公爵于5月4日进驻伦敦，一边加紧为自己篡夺王位做准备，一边于6月16日用武力将理查王子也转移到伦敦塔。当黑斯廷斯勋爵表示不能忍受他这种剥夺两位王子的继承权时，他便在一次议会会议上逮捕了他，把他关进伦敦塔。一天，格洛斯特公爵来到塔中，正巧与黑斯廷斯不期而遇，于是两人争吵起来，都骂对方"背信弃义"。格洛斯特公爵一气之下，命人将他推出斩首。这是第一次在伦敦塔里处死囚犯，纯属偶然的开端。两位王子到底在伦敦塔里关了多久，外人都不知道，反正从秋天起就见不到他们两个了。7月6日，格洛斯特公爵加冕为理查三世。一般相信是在8月的某一天，爱德华和理查这两位被称为"伦敦塔王子"的兄弟，被人窒息而死。这是一次英国历史上调查时间最长的谋杀案，虽然证据尚不够充分，但最大的怀疑对象是格洛斯特公爵。

1941年5月10日，一位德国高级将领带着特殊任务秘密飞来苏格兰。一见到他，人们就不难认出，他是德国国社党党员、纳粹党组织的头目鲁道尔夫·黑斯（1894-1987）。

黑斯第一次世界大战期间在德国陆军中服役。战后就读于慕尼黑大学，曾从事反犹太的宣传活动。他于1920年加入新成立的纳粹党后，很快就成为该党未来的元首阿道夫·希特勒的密友，并于1923年参加啤酒店的暴动。失败后，他先是逃亡，后来投案，在狱中记录和整理了希特勒口授的《我的奋斗》一书的大部分。随后，最初任希特勒的私人秘书，1933年成为副党魁，12月参加内阁。

黑斯这次来英格兰的秘密使命是要提出一些所谓的和平建议：要求允许德国人在欧洲任意行动，而德国则尊重不列颠帝国的领土完整，并退还英国原有的殖民地。他的这种堂吉诃德式的行动为希特勒本人所反对，斥责他害了"和平主义臆想症"。他的梦想自然不能实现：黑斯被作为一名战犯关进了伦敦塔，一直关到二次大战结束。他是伦敦塔里所曾囚禁过的最后一名囚徒。

这时，黑斯已经神志不清，在纽伦堡国际法庭受审后，被判无期徒刑。

如今，伦敦塔已经结束了监禁、谋杀、处死囚徒的历史，而作为一个甲胄博物馆接待人们来参观展出的火炮和其他古代兵器，每年引来二三百万游人。但是伦敦塔还拥有大约四十多位守卫，因为伦敦塔中建于1945年的滑铁卢大厦里还收藏有英国王室的王冠和权杖，其中最引人注目的是镶满珠宝的帝国王冠和印度王冠，每个英国国王和女王都戴过它，却没有投保险，得需守卫。这些守卫身穿深红色的制服，头戴高高的熊皮帽，日夜在院子里巡逻，晚上还扛着自动步枪，盘问每个人的口令；并且每天晚上十时都要履行那个保留了七百多年的交接仪式："站住！口令？""钥匙。""谁的钥匙？""伊丽莎白女王的钥匙。"听到这些对话，使人又想起了这里发生过的一幕幕英国历史上的政治权力斗争。

中国器物史的几个谜团

蔡辉

也有学者认为,在实验中,用玻璃器的好处在于能看到全过程,用瓷器则只能看到开始和结局,这就形成了东西方不同的思想方式:西方人更重直观、实证与过程,而东方人沉浸于"黑箱"式思维中,更偏于整体观。换言之,玻璃器不普及,决定了东方文明后来的命运。

古代中国为何少玻璃

瓷器与玻璃器，是东西方文明的两大发明。在瓷器方面，东方曾比西方领先 1000 年，而在玻璃器方面，西方曾领先东方 1000 年。

西方长期无法掌握瓷器制造的诀窍，因两大文明结合部——西亚地区无瓷土资源，只能烧成炻（音同石）器，严格来说，炻器不能算瓷器，属从陶器到瓷器的中间阶段，仍未解决脱釉、渗水等问题。欧洲人以此为师，自然学不到真东西。

玻璃则不然，其主要原料为纯碱、石灰石、石英，均非难得之物，而玻璃的熔制温度为 1400–1500 摄氏度，虽然较高（瓷器烧成温度为 1200 摄氏度，最高为 1400 摄氏度），但钢水出炉温度在 1570 摄氏度以上，中国在春秋晚期已开始炼钢，可见，这点困难拦不住中国古人。

那么，中国古人究竟会不会造玻璃呢？

中国也是玻璃的发明国之一

"中国古代无玻璃，只能自外舶来。"在相当时期，这是学界定论。原因有二：

其一，"费昂斯"（早期玻璃制品，较粗糙，半透明）在埃及、两河流域、欧洲有出土，制造于公元前2500年，而中国出土的"费昂斯"最早为战国时期制品，制造于公元前1400年，后者不仅年代晚，且造型明显是前者的仿品。

其二，通过化学分析，发现河南淅川徐家岭墓和湖北随县擂鼓墩墓出土的"蜻蜓眼"玻璃珠的主要成分与埃及玻璃相似。

值得一提的是，"蜻蜓眼"的发现，为史前"青铜之路"的存在提供了佐证。

然而，随着更多先秦玻璃文物出土，原有定论又被推翻，因其中绝大多数化学成分与西方玻璃迥异。

在汉代以前出土的 54 例出土玻璃文物中，含铅的占 52 例（96.3%），含钡的为 39 例（72.2%），并无西方玻璃必须的钠、钙成分，而在西方古代玻璃中，几乎找不到含铅、钡成分的。

这意味着，中国很可能也是玻璃的发明国之一，只是中国发明的是铅钡玻璃，而西方发明的是钠钙玻璃。

铅钡玻璃的优点是色彩绚丽，但缺点是易碎，不像钠钙玻璃那样能耐高温，且铅钡玻璃含重金属，对人体有害，不适合做餐具与茶具，只能制成装饰品。

汉代已有凸透镜

汉代时，张骞的"凿空之旅"将东西方文明连接起来，钠钙玻璃器经丝绸之路传入中国，但铅钡玻璃仍居主流。

美国学者韩森认为：由于资金不足，丝路贸易多属接力式贸易，而非长途贩运，货物流通量小、周转慢。

长途贸易需大量资金，会刺激银行、保险业的发展，进而引发整个商业环境的升级。地中海贸易多属长途贸易，故古罗马时已出现近代信贷制度，这是罗马帝国富强的基石。

典型例证是：汉代中国玻璃仍以铅钡玻璃为主，且采用熔铸法，即将玻璃粉装进土模或石模，煅烧使玻璃融化定型，冷却后除去模具，再通体打磨。此法成本甚高，产品亦欠精致。本是加工青铜器的方法，在铸造青铜器时，其杂质会烧结形成玻璃珠，正因如此，人类才发现了玻璃，这说明，汉代玻璃制造工艺基本停留在较原始的水平上，而此时西方玻璃匠人已普遍采用吹制法，成本低、器形美观，产量也大大提高，埃及的亚历山大港成为世界玻璃出口的中心。

东汉时，中国可能已生产出全透明的平板玻璃，王充在《论衡》中记载了一种"阳燧"，可聚日光取火，应属凸透镜的一种，但在考古中尚未发现。

中国错过了钠钙玻璃

南北朝时期，钠钙玻璃大量涌入中国。

据《魏书·大月氏传》记载："（北魏）太武（公元424-451年）时，其国（大月氏）人商贩京师，自云能铸石为五色瑠璃，于是采矿于山中，即京师铸之，既成，光泽乃美于西方来者。乃诏为行殿，容百余人，光色映彻，观者见之，莫不惊骇，以为神明所作，自此，中国馏璃（即琉璃）遂贱，人不复珍之。"从这段话看，钠钙玻璃在美观、价廉方面压倒了中国传统的铅钡玻璃。

然而，铅钡玻璃并未就此被替代，不久之后，它又成了主流，并一直延续到清代末期。

传统社会没有发明家群体，技术人才只能依附皇家、贵族，为其趣味服务，南北朝纷争不已，世家大族起伏兴衰不定，影响了先进技术的传承。

到隋代时，皇家所藏玻璃器又都换成了传统的铅钡玻璃，只是采取中亚匠人输入的吹制技术，匠人何稠因擅此道，竟然当上了"员外散骑侍郎"，他吹制的铅钡玻璃含绿色，专供内府，被称为"秘色"。

隋唐时期玻璃器的造型更美观，但铅钡玻璃不耐温、有毒的缺点依然存留，多用来制作佛教用具、饰品。北宋时，匠人们又研制出无钡的玻璃配方，即高铅玻璃，但始终未能突破传统的局限。

乾隆力推中国玻璃制造技艺

明清两代，玻璃又被称为"药玉"，列入官员服制。

明代规定，二品以上官员方可佩玉，而四品以下只能配"药玉"，并严禁民间以金玉、玛瑙、珊瑚、琥珀为装饰，因玻璃不在其中，"药玉"迅速普及，只是为了自高身份，富人们更喜欢近似玉的玻璃，排斥透明玻璃。

清代三品至五品官员的顶子中含玻璃，但也非透明玻璃，而是近于蓝宝石、青金石和白玉的玻璃。

明清两代，西洋传教士大量来华，将钠钙玻璃制造方法传入中国，康熙时，广州已能生产"洋玻璃"，但质地不佳，粤海关曾向乾隆进贡玻璃盖碗，乾隆用后大为不满，传谕"不准报销"。乾隆四十八年（1709），清廷建立了第一座皇家玻璃厂，聘请4名"洋匠"。因熔化玻璃需彻夜工作，而依宫廷定规，男子不得在紫禁城内过夜，故该厂设在靠皇城200米处。

乾隆常到厂察看，在传教士们的指导下，中国匠人们制造出的钠钙玻璃工艺品已不逊于西方。

力推玻璃制造"国产化"，应是乾隆早就有的情结，乾隆未登基前，故宫内便已安装玻璃窗，乾隆曾写诗称赞："西洋奇货无不有，玻璃皎洁修且厚。"

遗憾的是好景不长，康熙时罗马教廷判定中国人祭祖为"偶像崇拜"，康熙反复解释无果，一怒之下宣布"禁教"，大量西洋传教士主动离开中国，少数传教士在清宫庇护下又服务了数十年。

随着在华传教士纷纷离去或逝去，皇家玻璃厂不得不停产，相关技艺亦失传承。

错过了玻璃，错过了现代化

因玻璃未普及，中国人没能发明出望远镜、显微镜等，有学者认为，这是造成东方文明落后的重要原因。

明清之交，西洋火炮传入中国，"火炮 + 望远镜"成为标配，刺激了中国玻璃加工业发展，广东出现了专业磨制凸透镜的匠人，且涌现出《运镜图说》等理论著作，加上西洋传教士汤若望得到清廷重用，大量西洋科技书籍被译成中文，并收入《四库全书》中，其中对哥白尼、开普勒、第谷等人的学说均有介绍，故中国亦能生产第一代望远镜，质量不逊于西方。

随着战争结束，为巩固自家江山，皇家将火药配方、望远镜等秘藏，清代将军出战，需单独申请，方拨给望远镜、大炮，后为了边防需要，不得不在少数城市设置大炮，却都是威力较小者，且不配望远镜。

垄断出停滞，到西方推出第二代望远镜时，中国已被甩在后面，清宫收藏了150多架望远镜，只有一架属二代技术，其他均为第一代望远镜。

一误再误，清朝最终落入难以挽回的危局中。从这个意义上说，就算当时中国能制造出最好的玻璃，恐怕亦于事无补，无非是皇帝又多了一个玩物而已。

也有学者认为，在实验中，用玻璃器的好处在于能看到全过程，用瓷器则只能看到开始和结局，这就形成了东西方不同的思想方式：西方人更重直观、实证与过程，而东方人沉浸于"黑箱"式思维中，更偏于整体观。换言之，玻璃器不普及，决定了东方文明后来的命运。

落入高平衡陷阱中

虽然皇家的举措不利于玻璃业发展，但也从未禁止民间生产玻璃，明清贸易发达，为何民间未能填补这一真空？

究其原因，在资金不足。

明清时期，中国是瓷器出口大国，在3个世纪中，平均每年出口100万件瓷器，可收益却极少。在欧洲买中国瓷器，甚至比中亚出口到欧洲的低仿炻器还便宜，在最盛期，一名景德镇熟练工人年收入只有6两白银，与在乡务农差不多。

表面看，瓷器是个大产业，清代景德镇已有100万人口，烧窑炉火昼夜不熄，工人夜间劳作的"万杵之声"令人夜不成眠，整座城市被称为"四时雷电镇"。然而，只有劳动密集，没有资金密集，便落入了"高平衡陷阱"（*需求不振导致劳动力日趋廉价，资源和资本却日趋昂贵，表面看交易活跃，但社会却陷入停滞*）中，企业只能靠不断削减利润空间生存。卖中国瓷器造就了一个个欧洲富翁，生产中国瓷器反而只能在饥饿线上挣扎。

没有资金，就没钱开发新技术，就难以完成市场教育。中国古人普遍喝茶，而玻璃茶具显然没瓷茶具方便，因为玻璃传热强于瓷，容易烫手，此外，玻璃遇热水有炸裂之虞，瓷器却能应对自如。

既然从实际应用看，瓷优于玻璃，自然无人愿冒险投资后者。随着时间推移，曾经的聪明之举却成了愚行，而这，恐怕是前人怎么也想不到的吧。

中国人为何不爱吃糖

灵长类动物嗜甜厌苦，此为进化产物，甜味植物多富含热量，苦味植物多有毒，久而久之，成为本能，人类亦如此。

但，不同国家的人对甜的接受度差异颇大。以中国为例，2012 年人均年消费食糖量为 10.03 公斤，仅为全球平均水准（24 公斤）的 42%，低于亚洲平均水准（12.75 公斤），而美国则高达 35 公斤。据 20 世纪末统计数字，斐济高达 80.2 公斤，英国高达 39.7 公斤，当时中国仅为 6.7 公斤，是世界上吃糖最少的国家之一。

吃糖会刺激胰岛素快速增加，从而降低酪氨酸、苯丙氨酸在血液中的浓度，使色氨酸浓度相对提升，色氨酸进入细胞后转换为血清素，而血清素能让人心情愉悦（血清素是神经之间相互交谈的中介），故吃糖会上瘾，可为何中国人却能置身事外?

这，要从历史中找原因。

甘蔗产于何处还没争明白

中国人吃糖历史悠久，初期叫饴（音如姨）、饧（音如醒），《说文》称"饴，米蘖煎也。饧，饴和馓者也"，意思是用麦芽熬制而成，系麦芽糖。

糖字本意为"米浆在蒸笼中蒸成甜糕"，用它替代饴、饧，或因蔗糖制造工艺自印度舶来，需重新命名。麦芽糖的甜度仅为蔗糖的 46%，且粘牙，白居易写诗说"三杯嫠尾酒（嫠尾酒指巡酒居末座者需连饮三杯），一碟胶牙饧"，与麦芽糖比，蔗糖显然属新食物。

种植甘蔗，中国亦早，《楚辞》中有"腼鳖炮羔，有柘浆些"。柘,音蔗,古人不用蔗字,而是将甘蔗称为"诸柘"。烤肉时刷甘蔗汁,可防表面开裂,且成品色泽好。

甘蔗原产地究竟在哪儿,学界至今有争议,一般认为始于新几内亚岛,公元前400年传入印度。季羡林先生在《糖史》中认为:糖的英文 sugar、法文 sucre、德文 zucker、俄文 caxap,都源自梵文 sarkara,而中国蔗糖生产也是自南向北。

唐代慧琳在《一切经音义》中明确地说,"甘蔗"之称"即西国语,随作物定体也"。但坚持中国也是甘蔗原产地的学者则认为,甘蔗是"咀咋"转变而来,而甘蔗最初吃法正是"咋啮其汁"。

东汉杨孚的《异物志》中说:"(甘蔗)长丈余颇似竹,斩而食之既甘,榨取汁如饴饧,名之曰糖。"此时的糖是将甘蔗汁暴晒,使其呈粘稠状,又叫甘蔗饧。

始终没摆脱奢侈品身份

公元前510年,波斯大流士入侵印度,掌握了甘蔗制糖法，但对外严格保密。以至公元前 327 年，亚历山大征印度，惊讶地发现当地人"咀嚼一种不可思议的芦苇，这种芦苇能产生一种不要蜜蜂帮助的蜜汁"。

直到公元 642 年阿拉伯人占领波斯，制糖工艺才为外界所知。公元 647 年，唐太宗李世民派 2 名技师和 8 名僧人赴印度学习制糖术，因当时中国所制砂糖（今红糖）含水分多，无法像印度砂糖和石蜜（冰糖）那样能长期保存。

值得一提的是，中国的粗制砂糖可能也是自印度舶入，在敦煌残卷中记有制糖法，称为"煞割令"，季羡林先生认为是 sarkara 的音译。

学者李治寰考证，唐朝工匠到摩揭陀国（今印度比哈尔邦巴特拉城）后，因王玄策征印度，局势动荡，所以只学到相对简单的石蜜制作术。14 年后，唐朝又从印度请来工匠，才又学会了印度砂糖制作术。

制印度砂糖需加牛奶，因牛奶含蛋白质，可吸附糖中杂质，使其颜色变浅，中国工匠则代以鸡蛋清，并用"黄泥水淋"脱色，成品质量优于印度砂糖。到明末，中国糖出口英国，据英方记录，1637 年至少买走了 1.4

万担。

但，糖在古代中国一直属奢侈品，普通人消费不起。

一是甘蔗种植虽易，砍伐却辛苦，找不到足够劳工；二是甘蔗在当时北方无法种植，而南方人口过密，种粮占地甚多，可供种蔗的地较少。

糖的美味背后是鲜血

公元711年，阿拉伯入侵西班牙，7年后将其全部占领，开始了近800年的统治，阿拉伯士兵随身携带一种叫"图隆"的军粮，他们说："我们就是一边咬着图隆，一边打败西班牙的。"

图隆用杏仁、花生加蜜糖制成，即牛轧糖前身，初期需轧成牛形，后改切成方块。

11世纪，因十字军东征，糖与胡椒、肉豆蔻、生姜等作为香料传入欧洲，1099年，糖首次出现在英格兰。1319年时，伦敦一磅糖的价格是2先令，相当于今天50美元。

17世纪，法国在海地、西班牙在古巴成功地引种了甘蔗，英国也意外地发现，其殖民地巴巴多斯岛的土壤特别适合甘蔗生长，而过去在此试种棉花、烟草均失败了。

为找到更多劳动力，英国、西班牙等开始罪恶的黑奴贸易，加勒比海英国殖民地中，白人与黑奴的比例是1∶8，16世纪以后的300年中，1500万以上的黑人被贩到美洲当苦力。

制糖利润太大，奴隶只需工作7年，创造的财富便超其身价，故庄园主们强迫奴隶超负荷劳动，根本不在乎他们的生死。用机器制糖时，稍不小心，奴隶就会被传送带上极粘的糖稀粘住，直至被切糖的刀斩成碎块。

史学家里查德森说："西印度群岛投放了600万被奴役的非洲人，但你查阅被解放的人数时，就会发现它远远低于600万。而原因是……大批奴隶死于非命。"

中国红茶推动糖走红

1661年，葡萄牙公主凯瑟琳嫁给英国查理二世王子，凯瑟琳好饮红茶，以此为瘦身秘籍，英国人纷纷效仿，但红茶口感苦涩，需加糖饮用。当时瓷器在英国尚罕见，普通人多用炻器，炻器不耐热，泡茶时会炸裂，只好先加冷牛奶，再放热茶，而贵族则先放热茶，后加冷牛奶，以示富有。

当时英国农业落后，普通人每日摄入热量仅够最低标准的85%-90%，而下午饥饿时喝口含糖红茶，恰好补足了缺口。于是，下午茶成了英国文化，正如民谣所唱："当时钟敲响四下，世上一切瞬间为茶而停了。"

1700年时，英国政府茶税收入为2万磅，1760年为500万磅，1800年时为2000万磅。

1675年，每年有400艘（平均载货10吨）的英国船将糖从美洲运回本土，是法国的8至9倍，其中一半用来出口，糖成为"第一个世界商品"。到1773年，砂糖已占英国全部出口的25%强。

19世纪初，英国每年人均糖消耗量只有12磅（5.44公斤），可到19世纪末，却猛增到了人均47磅（21.32公斤），增长了近3倍。而代价就如历史学家格雷所说的那样："对19世纪的穷人来说，相当多的热量摄入来自糖，而问题是他们可以从有养分的其他食物里获取热量。到了 19 世纪末，贫困阶层营养不良极其严重。"

到 1900 年时，英国人每日吸收的卡路里中，竟有 1/6 来自糖。

糖的价格一落千丈

糖价日趋下降，但主张废奴的人们指出：每吃一磅糖，就相当于吸了 2 盎司的人血。

1807 年，英国通过《废除奴隶贸易法案》，1833 年，又通过《废除奴隶制法案》，旧式产糖庄园渐渐衰落，因欧洲发现新糖源——甜菜。

甜菜又叫厚皮菜、莙荙菜，原本是一种观赏植物，公元 12 世纪时，阿拉伯学者将其移种到大田，产量提高了 3-4 倍。十字军东征时，甜菜传入欧洲，而中国早在 5 世纪便已从末禄国（今属伊拉克）引入，当时人们只食其叶，唐代苏恭在《唐本草》中赞其"香甜味美"，可 1846 年吴其濬在《植物名实图考》中却说："恭（音如甜，甜菜的另名）菜菜味甜而不正，品最劣，易种易肥，老圃之惰懒（通懒字）者种之。"

清代蔬菜品种多，甜菜不再受宠。甜菜根很小，每株重不足 250 克，且含糖度仅 5%-6%，所以在中国一直没人想到用它榨糖。1747 年，德国科学家马格洛夫在观察甜菜根切片时，发现蔗糖颗粒，提出可以替代甘蔗。

甜菜种植受地域限制小，比种甘蔗的劳动强度低。农学家只用 30 年，便使甜菜根含糖度提高到接近 10%，20 世纪又提高到 20%。按亩产 1 吨算，每亩甜菜可产糖 200 公斤。

拿破仑时，因对英封锁，法国食糖短缺，政府出资建了 40 个甜菜制糖厂，糖的价格进一步暴跌，到 1850 年，吃糖已成最廉价的补充热量的方式。

为曾经落后全球化而埋单

从东西方糖史前半程看，彼此高度相似。英国直到 1750 年，糖的主要消费群体仍为皇室与贵族，到 1850 年，逐渐平民化。在中国，糖也是"食用越来越增"，成为盐、茶之后第三大国税来源，但在东方，糖消费始终未突破自然增长的瓶颈。

首先，通过大航海，欧洲人建成全球贸易体系——用非洲的廉价劳动力在南美洲土地上生产，成品销售往世界各地。这为欧洲带来惊人财富，使其具备了撕裂历史的能力。

其次，西班牙在美洲发现大型银矿，1521–1544年，年均掠走黄金2.9吨、白银3.07吨，到1545–1560年，则为年均黄金5.5吨、白银24.6吨，贵金属涌入欧洲，引发通胀，刺激了投资。人性本"恋旧"，缺乏货币时，人们交易愿望与维持现状的愿望约为1：1，货币诱使人们更多参与交易，而同时期的中国始终未建立央行和主权货币。

在糖走上巅峰的过程中，中国基本未参与，故直到1961年，人均年消费量只有1公斤。民国时，糖一度是第二大进口商品，但抗战时为节约外汇，政府力推国产化，糖消费量再度减少。许多中国人不爱吃糖，且将小孩吃糖视为错误行为。

1960年后，中国糖消费量激增近10倍，速度惊人，带来沉重代价。据2013年数字，我国30岁以上人群糖尿病患病率达11.6%，估计全国已有1.39亿糖尿病患者。

这，或者也是曾经落后的代价之一。

古人如何下毒

翻开史籍，下毒记载比比皆是，但用"毒"代称有害物，或是受外来语影响。

据《说文解字》称："毒，厚也。害人之草，往往而生。"可见，古人所说的毒源于植物，可能指的就是乌头（一种植物），以乌头汁液制膏，涂在箭头上，即成毒箭，《魏书》中说匈奴宇文莫槐"秋收乌头为毒药，以射禽兽"。乌头又称射罔，即射后可令鸟兽迷惘。

在英语中，toxic（有毒的）与中文"毒"的发音相近，而 toxic 出自希腊语，意为箭毒，与东方人的认识竟不谋而合，这或者意味着，"毒"的说法可能来自游牧民族，分别向东、向西传入亚欧。

在先秦典籍中，"毒"常作"害""治""征伐""奴役"解，用作"毒药"反而少见，在甲骨文中，人们常用"蛊"来表示毒药，或者是随草原文明影响增加，"毒"压倒了"蛊"，成为标准称呼。

古人为何要用毒

用毒之始，有三种说法，即宗教说、毒鼠说和射猎说。

宗教说认为，在原始巫术（如萨满）中，巫师常用毒品引导人们进入幻境。

公元前3400年苏美尔人的泥版文书里便记载了罂粟，古巴比伦图书馆的医书中，42种药品（**共记录115种药**）与鸦片相关，希罗多德在《历史》中也说，斯基泰人常吸大麻。有学者认为，古陶器上圆圈纹、波折纹、涡纹等，即是吸毒后幻觉的呈现，商周时期中国青铜器上花纹诡异，亦源于此。

萨满多用毒蘑菇、佩约特仙人掌、莨菪、大麻、曼德拉草等致幻，而中原多用乌头，因其分布广泛、较易获得，但乌头致幻作用不明显。

毒鼠说则认为，用毒始于灭鼠，因鼠类可造成15%-20%的农作物损失，且一对成年鼠一年后可繁殖1.5万只后代，不用毒难以遏制。

公元前3000至公元前2000年的欧洲、埃及和阿富汗等地都有陶制捕鼠器。公元前 350 年即已用亚砷酸灭鼠，古代中国则多用莽草（芒草，貌似八角）、乌头、巴豆、礜（音羽）石、砒石、特生石（即苍石）等。其中砒石加以精炼，即为砒霜，因其毒性猛如貔（传说中的猛兽），故名为砒。

射猎说则认为，用毒始于狩猎。

在距今 9000 年前的河姆渡遗址中，出土大量水牛遗骨，都是未驯化的野生水牛，猎取它们，只能用毒。公元 2 世纪完成的《神农本草经》中便明确称："其（乌头）汁煎之，名射罔，杀禽兽。"张仲景在《金匮要略》中则称："鸟兽有中毒死者，其肉有毒，解之方：大豆煮汁，及盐汁，服之，解。"

以上三说各有道理。

"蛊"真的那么可怕吗

在毒药中，最传奇的莫过于蛊。

《左传·昭公元年》中说："何谓蛊？对曰：淫溺惑乱所生也。于文，皿虫为蛊。"这是史籍中有关蛊毒的最早记载。

汉代之前，蛊多指毒虫，但到了汉代，蛊则成了巫术代名词，指为加害别人而模仿制作的桐木偶，隋代以后，又出现了精神性的蛊，如猫鬼，自唐代始，蛊突然变得复杂、神秘起来。

据《隋书·地理志》称："其法以五月五日聚百种虫，大者至蛇，小者至虱，合置器中，令自相啖，余一种存者留之，蛇则曰蛇蛊，虱则曰虱蛊，行以杀人，因食入人腹内，食其五脏，死则其产移入蛊主之家。"

古人无抗生素，消化道疾病是致死主因，由于无法解释细菌引起的急性腹痛、腹泻等，往往推为蛊，如《说文解字》即称蛊为"腹中虫也"。唐代医学进步，据5100个墓志铭统计，人均寿命达59.3岁。医盛巫弱，巫师需炒作新概念来维持生计，定义模糊的"蛊"恰好契合了他们的需要，制蛊、下蛊、解蛊之说日渐成熟。

其实，不同虫毒化学成分不同，彼此相噬，毒性并未有效累积，不可能获得更强毒性。然而，唐代南方始大规模开发，全国经济中心渐向南偏移，北人对湿热、植物种类多样的南方有恐惧心理，常附会以"蛊""瘴气"等，柳宗元便称柳州是"阴森野葛交蔽日，悬蛇结蚪如蒲萄"。

蛊多靠笔记小说流传，现代人知道蛊，亦与金庸小说有关。

鸩究竟是什么鸟

在用毒史上，鸩的名声不亚于蛊。

古籍中称，鸩是一种鸟，以蝮蛇头为食，肉和羽毛有剧毒，能致人于死，但可用来治疗蛇毒。据郭璞说："鸩大如鵰（同雕），紫绿色，长颈，赤喙。"而《名医别录》中又说它："状如孔雀，五色杂斑，高大，黑颈，赤喙。"从古籍看，鸩四处皆有，鸣声如"同力"。

鸩之说在甲骨文中未发现，但在春秋则很普及，据说用鸩的羽毛泡酒，可"入五脏，烂杀人"，无数名人死于其下。配置鸩酒需专业的"鸩者"在犀牛角、兽皮保护下才行，因鸩毒性太大，它的羽毛划过酒，即成剧毒，甚至鸩洗过澡的池塘水也能毒死百兽，但只要犀牛在其中洗一下角，其毒顿解。

鸩酒出现得离奇，消失得也离奇。南朝陶弘景曾说："昔时皆用鸩毛为毒酒，故名鸩酒。倾来不复尔。"西晋"衣冠南渡"时，"时制，鸩鸟不得过江"，此江应指长江，从此鸩鸟便似乎从历史中消失了，后代虽有鸩酒之说，但只是用来代称毒酒，与鸩鸟已无关。陶弘景曾说鸩鸟"状如孔雀"，唐人则否定说"陶云状如孔雀者，交广人诳也"。

有学者认为，鸩可能是一种已灭绝的鸟，但也有人认为，鸩即今东南亚尚能见到的黑鹤，它也以蛇为食，但无毒，可能是古人以鸩羽拨毒入酒，令人误会为鸩有毒，但更多学者认为，鸩只是一种传说。

水银与黄金有毒吗

在小说中，有用水银下毒和"吞金而死"之说，《水浒传》中的宋江死于前，《红楼梦》中的尤二姐死于后，但均属小说家言。

水银不溶于水，进入人体后无法被吸收，汞蒸汽和汞盐会给人带来伤害，但前者需要在 1-44 毫克 / 立方米的较高浓度下，人体暴露 4 至 8 小时才能中毒，后者常见形式为硫化汞，即朱砂，曾被认为是补品，唐代医家则认识到，朱砂有毒，不能长期服用。

黄金亦不溶于水，甚至不溶于普通的酸碱，黄金制品上多有尖刺，可能刺伤内脏，这会带来较大痛苦，但曹雪芹笔下的尤二姐却又明明是安详地死去。

为什么曹雪芹会认为金有毒呢？因为史书上有金屑酒，是一款名毒，妒后贾南风即死于此，刘禹锡在《马嵬行》中说："贵人饮金屑，倏忽舜英莫。平生服杏丹，颜色真如故。"称杨贵妃也死于金屑酒。（**此处刘禹锡有误记，史籍明确说明杨贵妃系"缢死"。**）

显然，曹雪芹在此望文生义，将"药金"误为黄金。"药金"是古代方士提炼出的一种类似黄金的金属，一般指黄铜，在相当时期，"药金"被认为是黄金的一种。古人认为黄金不朽，服之可以延年，但黄金太贵，亦以"药金"替代，可炼制"药金"要使用水银和雄黄、雌黄、砒黄等硫化物，如处理不善，就会成毒，"杀人及百兽"，这才是金屑酒的原材料。

令人费解的粪便解毒

人体状况各不相同，通用毒药并不易得，在宋代以前，比较常用的毒药无非野葛（钩吻，即断肠草）、乌头、马钱子、巴豆、蓝药几种。

野葛比乌头还毒，本名为冶葛，产自南方。马钱子即牵机药，传说赵光义用此毒死李后主，服食该药后，头部抽搐，躯干向下弯曲，与足相接而死，状如在操作织布机，故称牵机药。巴豆毒性较低，因人而异。蓝药则为一种蛇毒，《酉阳杂俎》中说："蓝蛇，首有大毒，尾能解毒，出梧州陈家洞。南人以首合毒药，谓之蓝药，药人立死。取尾为腊，反解毒药。"

在这些毒药中，乌头最常见，李时珍曾质疑道，乌头分两种，即川乌头和草乌头，前者无毒，古人却未载，学者霍斌指出：李所见川乌头为人工培植种，宋代始有，而此前野生川乌头也都是有毒的。

在"刮骨疗毒"中，关羽所中箭上的毒，即应为乌头毒，按传统疗法，只需用药补疮即可，但关羽中毒已深，不得不刮骨疗毒。

古人发现，乌头毒对付鸟兽极为效验，"唯射猪犬，虽困犹得活"，古人认为这是"以其噉（音丹）人粪故也"，葛洪在《肘后方》中提议："人若有中之，便即餐粪，或绞滤取汁饮之，并以涂疮上，须臾即定，不尔，不可救也。"此方后收入《华佗神方》，孙思邈亦曾加注。

众名医都同意粪便解毒法，其中关窍，令人费解。

砒霜一统江湖

宋代以后，下毒方法渐趋简单，因砒霜崛起，一统江湖。

砒霜源自天然砒石，以江西信州（今上饶市部分地区）质最优，其中色红者即"鹤顶红"，号为毒物之王，宋代竟"每一两大块者，人竟珍之，不啻千金"。

但，宋代医家甚少关注砒霜，《本草经集注》《新修本草》均未载，直到《开宝本草》才列入砒霜，也仅称"味苦，酸，有毒。主诸疟，风痰在胸膈，可作吐药。不可久服，能伤人"。李时珍曾奇怪地说："砒乃大热大毒之药，而砒霜之毒尤烈，雀鼠食少许即死，猫食鼠雀亦殆，人服至一钱许亦死，虽钩吻、射罔之力不过如此，而宋人著《本草》，不甚言其毒，何哉？"

这或与加工方式有关。宋代制砒霜，是"取山中夹砂石者，烧烟飞作白霜"，这种升华法产量低、质量差，如采用煅烧法，则毒效立增，即砒石末加明矾烤制，明矾遇热融化，裹在砒石末上，防止其中有效成分挥发，成品毒效倍增。

据《天工开物》载，煅烧制霜时，"立者必于上风十余丈外。下风所近，草木皆死。烧砒之人，经两载即改徙，否则须发尽落"。

《水浒传》中，武大郎死于砒霜，但砒霜不易溶于水，用汤药灌远不如混在食物中。砒霜用量小、价格廉，乌头、野葛等已无法与之匹敌，不仅潜入潘金莲这样的寻常人家，连慈禧太后毒死光绪皇帝，亦用此药。

图书在版编目（CIP）数据

语之可.16，满目山河空念远/《作家文摘》报社
主编 . -- 北京：作家出版社，2021.1
ISBN 978 - 7 - 5212 - 1226 - 6

Ⅰ . ①语… Ⅱ . ①作… Ⅲ . ①散文集 - 中国 - 当
代 Ⅳ . ①I267

中国版本图书馆CIP数据核字（2020）第255479号

满目山河空念远

主　　编：《作家文摘》报社
责任编辑：姬小琴
特约编辑：魏 蔚 裴 岚
装帧设计：于文妍
出版发行：作家出版社有限公司
社　　址：北京农展馆南里10号　　邮　　编：100125
电话传真：86 - 10 - 65067186（发行中心及邮购部）
　　　　　86 - 10 - 65004079（总编室）
E - mail: zuojia@zuojia. net. cn
http: // www. zuojiachubanshe. com
印　　刷：中煤（北京）印务有限公司
成品尺寸：120 × 190
字　　数：121千
印　　张：8.125　　　插页：16
版　　次：2021年1月第1版
印　　次：2021年1月第1次印刷
ISBN　978 - 7 - 5212 - 1226 - 6
定　　价：45.00元

以文艺美浸润身心

用思想力澄明未来

    隶属于中国作家协会的《作家文摘》报是一份以文史见长、兼顾时政的著名文化传媒品牌，内容涵盖历史真相揭秘、政治人物兴衰、名家妙笔精选、焦点事件深析，博采精选，求真深度，具有鲜明的办报特色。

    依托《作家文摘》的语可书坊主打纯粹高格的纸质阅读产品，志在发现、推广那些意蕴醇厚、文笔隽秀的性灵之作，触探时代的纵深与人性的幽微。

    由于时间仓促及其他原因，编者未能与本书所收个别作品的作者取得联系，请作者及时与编者联系，支取为您预留的稿酬与样书。谢谢!

    联系地址及联系人: 100125 北京朝阳区农展馆南里10号《作家文摘》报社转《语之可》编委会

作家文摘
公众号

作家文摘
头条号

語可書坊

投稿邮箱: yukeshufang@163.com

语之可

第一辑（01-03）

01　可惜风流总闲却

02　英雄一去豪华尽

03　也无风雨也无晴

第二辑（04-06）

04　谁悲关山失路人

05　白云千载空悠悠

06　频倚阑干不自由

第三辑（07-09）

07　人间惆怅雪满头

08　家国乾坤大

09　嗟漫载当日风流

第四辑（10-12）

10　吾心自有光明月

11　世情已逐浮云散

12　流水别意谁短长

第五辑（13-15）

13　万里写入襟怀间

14　君臣一梦，今古空名

15　人间有味是清欢

第六辑（16-18）

16　满目山河空念远

17　我是人间惆怅客

18　落花风雨春仍在